KAY J. WAGNER

MISSION CASSE-COU – SAISON 2 – EPISODES 1 à 5 - TOME 3

Du même auteur :

MISSION CASSE-COU
    Saison 1 : Tomes 1 & 2
    Saison 2 : Tomes 3 & 4
    Saison 3 : Tomes 5 & 6

POUR L'AMOUR DU RISQUE
    Saison 1 – Tomes 1 & 2
    Saison 2 – Tomes 2 & 3
    Saison 3 – Tomes 4 & 5
    Saison 4 – Tomes 6 & 7
    Saison 5 – Tomes 8 & 9
Une curieuse petite ville (Home is where the Hart is)
Coup de Théâtre (Crime of the Hart)
L'ile de tous les dangers (Old friend never die)
Le secret des Hart (Secrets of the Harts)

POUR L'AMOUR DU RISQUE, l'Aventure continue
    Tome 1 : L'Accident
    Tome 2 : L'Avenir, c'est demain
    Tome 3 : Enfin, Noël !
    Tome 4 : Bonne Année

MISSION CASSE-COU – SAISON 2 – EPISODES 1 à 5 - TOME 3

LA SCIENCE DU PROCES – JASON BULL

    Saison 1 – Episodes 1 à 11 (à paraitre)

DROP DEAD DIVA

    Saison 1 – Episodes 1 à 6 (à paraître)

KAY J. WAGNER

MISSION CASSE-COU
1985 – 1986

Saison 2 – Episodes 1 à 5

Copyright © 2023 KAY J. WAGNER

Tous droits réservés.

ISBN **9798476302230**
Kay Johnson Wagner Editions 2023

A mon fils,

MISSION CASSE-COU
1984 - 1985

Saison 2 – Episodes 1 à 5

KAY J. WAGNER

Saison 2 - Episode 1 : « Un dollar en argent »

Résumé : *« Une station-service est détruite par des hommes cagoulés arrivés en fourgonnette. Ils signent des lettres ALA. L'équipe de Spikings est sur les dents car la fourgonnette a été repérée. Il n'a sur place que Dempsey et Makepeace. Dempsey se lance sans attendre. Les hommes sont prêts à repartir. Dempsey veut les coincer, mais Harriet, respectant la loi, ne tire pas et les laisse s'échapper…».*

Un jeune homme tient un journal dans l'épicerie d'une station-service. Il entend une sirène de voiture à l'extérieur. Il tourne lentement la tête vers la vitrine et voit une vieille fourgonnette rouler dans la rue à vive allure. Le jeune homme ouvre une canette de coca-cola et boit une gorgée.

Dans le magasin, le gérant qui rangeait des bouteilles dans un casier, allume une cigarette. La vieille fourgonnette arrive à la station et percute un véhicule stationné devant une pompe à essence. Les portières s'ouvrent et deux hommes cagoulés et armes au poing en descendent, ainsi qu'un troisième homme par les portes-arrière de la fourgonnette. Ils se précipitent vers l'épicerie et brisent la devanture avec la crosse de leurs armes. L'un des hommes braque son arme en direction du jeune homme et du gérant qui se reculent immédiatement contre les étagères lourdement chargées de boites de conserves et de bouteilles. L'un des malfaiteurs trace le sigle « *A.L.A* ». à l'aide d'une bombe de peinture rouge sur le mur blanc de l'épicerie.

Dehors, l'un des hommes prend le tuyau d'une pompe à essence et arrose le sol. L'essence se répand sur le sol de la station-service. Puis, les trois malfaiteurs remontent dans leur fourgonnette. Le troisième qui est monté à l'arrière du véhicule mitraille le sol où l'essence s'enflamme. Quelques instants plus tard, plusieurs explosions se font entendre, la station-service est en feu.

La voiture du Superintendant, Gordon Spikings, s'arrête dans un crissement de pneus devant les bureaux du MI6. Spikings descend du véhicule.

— Vous avez le patron en ligne, lui dit le Sergent Chase Jarvis.

— Alors ?

— Le deuxième ne peut nous envoyer personne avant vingt minutes.

— Vingt minutes ! répète Spikings en regardant Chase. Ils sont à deux pas d'ici.

Les deux hommes entrent dans le bureau central attenant au bureau de Spikings.

— Et Dempsey ! Où est-il encore passé ? demande-t-il.

— Il ne devait pas tarder, lui répond Chase tandis que les membres de l'équipe vérifient leurs armes.

— Devrait ! répète Spikings.

— On a eu du mal à le joindre.

— Et Harriet est avec lui ?

— Oui Monsieur. Bon, elle pourra au moins l'empêcher de faire des bêtises, dit-il.

Spikings ouvre le coffre de son bureau et y prend son arme qu'il vérifie et glisse dans la ceinture de son pantalon.

— Allo Patron ? dit-il en se saisissant du combiné de téléphone. Oui, ils ont encore remis ça ! Oui, mais cette fois, c'est une station-service ! Oui, mais on tient le bon bout, quelqu'un a pu repérer leur fourgonnette. Oui, Chase !

— Et Watson, où est-il ? lui demande Spikings.

— Il est en route aussi.

— Bon écoutez ! Ca m'est tout à fait égal de quelle brigade ils viennent, la spéciale, la diplomatique, les stups ou le proxénétisme ! Si mon tuyau est confirmé, on va avoir affaire à un groupe organisé comme un commando. Et, tout ce que j'ai sur place, c'est ce cinglé d'américain qui se prend pour Clint Eastwood ! Et ma plus intelligente collaboratrice, oui quelqu'un à qui je tiens beaucoup ! crie-t-il avant de raccrocher le téléphone.

Il sort de son bureau.

— Allons donner un coup de main à Dempsey ! dit-il en regardant Chase.

Chase se dépêche de prendre son fusil, sa caquette...

— Alors, ça vient ! lui dit Spikings en s'arrêtant sur le pas de la porte du bureau et en le regardant.

— 97, 99, dit Dempsey tandis que la voiture avance lentement dans une rue. C'est le prochain, dépassez-le, dépassez-le ! dit-il.

Ils aperçoivent une maison à colonnes sur deux étages séparée de la rue par une belle étendue de pelouse, d'arbres et d'arbustes.

— La fourgonnette est dans l'allée. Oui, c'est celle-là ! dit-il.

Harriet Makepeace gare sa voiture un peu plus loin. Elle met le frein à main et détache sa ceinture de sécurité. Elle regarde Dempsey qui vient de charger son revolver.

— Qu'est-ce que vous allez faire ? lui demande-t-elle.

— Vous voyez la plaque ? C'est celle-là, y'a pas à se tromper ! dit-il.

— Attendez, je vais appeler, dit-elle en prenant sa radio.

— Allez-y ! lui répond Dempsey tout en quittant la voiture l'arme au poing.

Harriet lâche sa radio et sort de sa voiture. Dempsey se faufile derrière un buisson, son arme bien en évidence.

— Dempsey ! lui dit Harriet qui s'accroupit près de lui.

— Est-ce que vous voulez bien me couvrir ? lui dit-il.

Elle sort son arme et le regarde l'air résigné.

— Alors vous voyez, vous vous y mettez ! lui dit-il tout sourire.

Ils se faufilent tous deux à travers les buissons et arrivent près de la fourgonnette. Harriet s'adosse à un arbre pendant que Dempsey tente d'apercevoir ce qui se passe au-delà de la fourgonnette. Puis, elle se baisse et rejoint Dempsey.

Il longe la maison et est stoppé dans son élan par un énorme chien qui surgit derrière une grille et aboie. Harriet le rejoint à son tour. Dempsey continue sa course et s'arrête près d'un arbre. Puis, il s'avance prudemment et arrive à proximité de la façade de la maison. Il prend le temps de scruter les environs.

— Chargez-moi ça en vitesse ! dit la voix d'un homme. Dépêchez-vous ! Dépêchez-vous !

Dempsey risque un œil et voit des hommes charger la fourgonnette.

La voiture de Spikings est en route.

— Charlie 5, répondez ! dit-il depuis sa radio. Charlie 5, vous me recevez ? A vous, répondez ! Allo, ici le patron, j'appelle Charlie 5 ! Les ordres sont de tenir la position, si vous me recevez, répondez !

Il ne reçoit aucune réponse de Dempsey et Makepeace.

— Appuyez ! dit-il à Chase en jetant d'un geste rageur la radio sur le sol de la voiture.

La voiture de Spikings roule à vive allure dans les rues tandis que Dempsey retourne auprès de Makepeace.

— Ils sont prêts à repartir ! lui dit-il. Il va falloir faire vite. Restez ici et barrez-leur la route !

— Que je reste ici ?

— Oui, voilà ce que je vais faire. Je vais les contourner et s'ils veulent passer de force, je les bloque avec votre voiture ! Donnez-moi les clés.

— Dempsey ! lui dit-elle.

— Donnez-moi les clés, dépêchez-vous !

La voiture de Spikings prend un virage serré et les pneus crissent sur la chaussée.

— Il va falloir que l'on dégage la rue, que l'on évacue les maisons, repérages par hélicoptère, une antenne médicale et un psychiatre pour les négociations, dit Spikings.

A la résidence des malfaiteurs, les hommes continuent de charger le véhicule.

— Alors, c'est pour demain ? hurle visiblement le chef de la bande, un homme vêtu d'un treillis vert et d'un béret de couleur rouge.

Il ouvre la portière avant et monte dans le véhicule.

— Police ! Jetez vos armes ! hurle Dempsey son arme au poing.

Un homme assis à l'arrière de la fourgonnette et les deux portes arrières ouvertes, ouvre le feu sur Dempsey avec un fusil mitrailleur. Dempsey se jette à terre pour éviter les balles tandis que la fourgonnette démarre. Il se relève et tire sur le véhicule. Harriet Makepeace se positionne à son tour pour tirer sur le véhicule qui fonce vers elle.

— Tirez ! hurle Dempsey. Tirez !

Mais, le véhicule arrive trop vite et elle se jette sur le côté pour éviter de se faire percuter.

— Allez venez ! bougonne Dempsey en rangeant son arme.

La fourgonnette quitte l'allée et rejoint la rue tandis que Dempsey et Makepeace foncent vers leur voiture. Dempsey se précipite sur le volant tandis qu'Harriet s'assoit sur le siège passager.

— Vos clés, vite ! Donnez-moi vos clés, lui dit-il.

— Je vous les ai donné ! lui dit-elle.

— Non ! Vous alliez le faire !

— Je les ai mises dans votre poche !

— Ah, c'est le bouquet ça ! dit-il bien énervé en fouillant ses poches et en descendant de la voiture.

— On a dû les laisser tomber ! dit Harriet en se précipitant hors de la voiture. Elles doivent être quelque part, par-là !

— Non, c'est VOUS pas moi !

— C'est VOUS qui les avez perdu ! crie Harriet.

— Je ne les ai jamais eu ! hurle Dempsey.

« Charlie 5 ? Allo, Charlie 5 ! Si vous me recevez,

répondez ! »

Harriet revient vers la voiture et attrape la radio.

— Ici Charlie 5, on est dans l'obligation d'arrêter la poursuite, dit Harriet.

Elle jette la radio dans sa voiture.

— Ecartez-vous Sergent ! lui dit Dempsey.

— Qu'est-ce que vous allez faire ? lui demande-t-elle tandis qu'il est près de sa voiture en tenant son arme à la main.

— Je vais vous sauver la mise, dit-il en tirant dans le pneu avant de la voiture.

Toute l'équipe est rassemblée dans le bureau de Spikings.

— Que cette prétendue Armée de Libération de l'Afrique (A.L.A.) croit qu'elle sera en mesure un jour de libérer l'Afrique, par le fait qu'elle est en guerre ouverte contre une compagnie privée, sans la moindre raison apparente.

— La société *West More Limited* a des intérêts en Afrique du Sud, dit Chase.

— C'est aussi le cas d'autres compagnies ! lui dit Harriet Makepeace.

— Pourquoi la *West More* et pas d'autres ? demande

Spikings.

— Pour le fric ! Ils veulent du fric, dit Dempsey.

— Ou la vengeance, dit Harriet.

— Je vous le répète, le fric ! dit Dempsey en lançant un regard noir à Harriet.

— Moi, je dis la vengeance dans ce cas précis ! insiste-t-elle.

— Expliquez-vous ! dit Dempsey en se levant pour se servir une tasse de café.

— Ils semblent passer beaucoup plus de temps à détruire les lieux qu'à récupérer l'argent disponible, dit-elle.

— Alors, disons le fric…. et la vengeance, dit Dempsey.

— Mais, la compagnie a plusieurs fois déclaré dans des conférences de presse, qu'elle était toute disposée à négocier et pourtant, aucun contact n'a été établi jusqu'à présent ! dit Spikings.

— Il faut leur laisser le temps ! dit Dempsey.

— Pourquoi ? lui dit Spikings.

— Ils prendront contact, c'est leur plat de lentilles.

— Eh bien, en attendant…..leur plat de lentilles, vous resterez en état d'alerte, l'arme au pied, le temps qu'il faudra ! dit Spikings. La société *West More* a un très large éventail d'activités et ces gens peuvent attaquer n'importe où ! Et, ceux d'entre vous qui se sentiront sous-employés, il ou elle, dit-il en regardant Dempsey, puis Harriet Winfield pourront toujours venir se consoler dans mon giron.

Dempsey et Makepeace entrent dans un pub.

— Une chose est sûre en tous cas, on aurait dû rester assis dans la voiture ! dit-elle.

— Bin voyons ! Et attendre qu'ils mettent les voiles !

— Comme ça, vous n'auriez pas perdu les clés et nous aurions…., lui dit-elle.

— Je n'ai pas perdu les clés !

— C'est qui alors ? s'écrie-t-elle.

— Donnez-moi une bière, demande Dempsey au gérant. Qu'est-ce que vous alliez dire ? dit Dempsey à Harriet.

— Le fait est que si nous avions eu les clés, nous aurions pu attendre dans la voiture ! Mais, il a fallu que vous fonciez comme toujours !

Le barman dépose la bière devant Dempsey.

— Une vodka, lui demande Harriet.

— Et vous, ce que vous auriez du faire, c'était de tirer ! dit-il. C'est pour moi, dit-il en posant un billet sur le comptoir.

— Non, c'est pour moi, dit Harriet en posant à son tour un billet sur le comptoir.

— Ils n'ont pas tiré dans ma direction ! s'écrie-t-elle tandis qu'ils s'assoient tous les deux à une table en tenant leur boisson à la main.

— Ils ont essayé de vous écraser ! dit Dempsey.

— Ce qui ne justifie en rien l'usage d'une arme, pas en Angleterre !

— Vous voulez dire qu'ici, on a pas le droit de défendre sa peau ! dit-il en buvant une gorgée de bière à la bouteille.

— On peut peut-être, mais c'est illégal ! lui dit-elle.

— Illégal ! Vous me faites marrer ! dit-il en se levant.

— Dites-moi, vous aviez votre revolver, il fallait vous en servir ! lui dit-elle.

— Je leur ai tiré dessus, mais vous étiez dans ma ligne de mire ! Et, je vous ai crié d'ouvrir le feu ! dit-il.

— Je n'ai rien entendu ! s'écrie-t-elle.

— Bah, dites tout de suite que je mens pendant que vous y êtes ! dit-il en se dirigeant vers les toilettes des hommes.

— Qu'est-ce qui vous autorise à me dire à moi, si je dois ouvrir le feu ou non, Lieutenant ! crie-t-elle.

— Je sais que la situation l'exigeait, Sergent !

— Et où voulez-vous en venir ?

— J'ai compris ce qui vous est arrivé.

Il pousse la porte et entre dans les toilettes.

— Ainsi donc, quelque chose m'est arrivé, lui dit-elle en le suivant dans les toilettes.

— Oui, dit-il en baissant la fermeture de son pantalon.

— Quoi ? lui demande-t-elle.

— Oubliez ça, dit-il.

— Oubliez ça, quoi ça ?

— Faut pas s'en faire pour si peu !

— Qui donc s'en fait, dit-elle.

Il se retourne vers elle.

— J'ai vu ça arriver à bien d'autres, vous n'êtes pas la seule.

— Et, qu'est-ce qui m'est arrivé ?

Ils sortent des toilettes.

— Il n'y a pas toujours honte à avoir….. la pétoche, lui dit-il.

— Parce que je l'ai eu ? lui dit-elle.

— Oui, une trouille bleue, lui répond-t-il un sourire en coin.

— Je vous ferais voir, si j'ai la pétoche, lui dit

Harriet.

Dempsey entre dans les toilettes très énervé.

Dans les bureaux de la *West More*, un jeune homme pousse les portes et se dirige vers le comptoir de l'accueil.

— On m'a dit de vous remettre ce paquet, dit-il à l'hôtesse en le posant sur le comptoir.

— Bouge pas ! dit Chase qui se précipite vers le jeune homme et l'écarte du comptoir.

— Attention ! crie un policier qui s'empare délicatement du paquet.

Un appareil de lecteur de cassettes est posé sur le bureau.

« Premièrement : un impôt d'un million de dollars américain sera perçu sur vos filiales africaines. Cette somme sera payée en billets de dix mille dollars dans les vingt-quatre heures à réception de ce message et sera livrée suivant les instructions ci-jointes et dans l'emballage fourni. Deuxièmement : le Groupe West More Limited devra exercer les pressions économiques et financières contre le régime illégal du Général Walli et exiger dans les trois jours, la libération sans conditions et la libre sortie du pays, de trois personnalités politiques de notre choix ».

Harriet Makepeace prend des notes tandis que Dempsey écoute.

— Vous voilà fixés, dit Chase.

— On peut encore s'arranger pour l'argent, dit le représentant de la *West More*. Mais, pour les prisonniers, impossible ! dit-il en secouant la tête.

— Voilà le plan et les instructions, dit Chase en remettant le tout à Spikings.

— Au milieu d'une décharge publique, dit Spikings.

— C'est pour ça que l'emballage est fourni, dit Dempsey qui a entre ses doigts un sac souple en nylon de couleurs bariolées.

Spikings lance le plan que lui a remis Chase à Harriet.

— C'est bizarre comme odeur, dit Dempsey en regardant le sac.

La nuit est tombée, au loin en entend les aboiements d'un chien.

♪ *Je suis un vagabond* ♪

♪ *J'ai pas un rond* ♪

♪ *Je vais le long des routes* ♪

♪ *Et si, ça vous dégoute* ♪

♪ *Passez votre chemin* ♪ chantonne Dempsey en

poussant des braises du pied.

Dempsey et Harriet Makepeace sont déguisés en clochard. Ils campent au pied d'une carcasse de voiture et se réchauffent auprès d'un feu.

♪ *Je bois quand j'ai soif* ♪

♪ *Et, je mange quand j'ai faim* ♪

♪ *Et, je pourrais vivre longtemps* ♪

♪ *Si je meurs pas avant !* ♪, chante-t-il.

Puis, il s'assoit près d'Harriet en tenant une bouteille à la main.

— Ah, vous êtes une chouette fille ! dit-il à Harriet.

— Oui, on me l'a déjà dit, lui répond-t-elle.

Il boit une gorgée à la bouteille.

— Accouche-là ma cri ! dit-il en posant sa bouteille sur le sol près de lui.

— Qu'est-ce que c'est ? lui demande-t-elle.

— De l'irlandais.

— Ca veut dire quoi ?

— Quelque chose de gentil.

— Que votre grand-mère irlandaise vous a appris ?

— Non, pas tout à fait, lui dit-il en souriant. C'est une vieille poivrote du Bronx. Quand j'étais flic en uniforme à mes début. Après ma ronde avant de rentrer chez nous, je m'arrêtais souvent dans un bar qui portait l'enseigne du trèfle pour ramener mon père à la maison. Il y avait toujours cette vieille poivrote qui m'aimait beaucoup. Elle s'approchait de moi, elle passait son bras autour de mon épaule, dit-il en faisant de même avec Harriet. Elle ôtait ses chaussures et disait : doux jésus, accouche là ma cri, mes pieds me font si mal !

Il regarde Harriet qui sourit, puis retire son bras de dessus son épaule. On entend au loin, les sirènes de la ville.

— Vous savez, dit-il.

— Quoi ? lui demande-t-elle.

— On a de meilleurs contacts tous les deux, quand on joue un rôle.

Elle sourit à ce qu'il vient de dire.

— C'est peut-être parce que vous vous montrez sous un autre jour, lui dit-elle.

— Oui, peut-être. Mais, vous aussi, vous vous montrez sous un autre jour, dit-il.

Ils se regardent longuement.

Dempsey ôte le bouchon d'un flacon d'alcool.

— Un petit coup, ça réchauffe, dit-il en présentant le flacon à Harriet.

— Et, ça brise la glace, lui dit-elle en prenant le flacon et en buvant une gorgée.

♪ *Je suis un vagabond* ♪

♪ *Et, j'ai pas un rond* ♪

♪ *Je vais le long des routes* ♪

♪ *Et si ça vous dégoute* ♪

♪ *Passez votre chemin* ♪ chantonne Dempsey.

Le jour se lève sur la décharge, le feu s'est éteint et Dempsey et Makepeace ont dormi tant bien que mal. Dempsey est allongé dans la voiture avec un journal sur lui en guise de couverture et Harriet Makepeace est sur le sol de la voiture à la place du siège manquant du passager.

— Oh, j'ai cru que j'allais mourir de froid, dit-elle.

— Vous n'aviez qu'à dormir à côté de moi, lui répond Dempsey qui lit le journal.

— Qui vous a soufflé cette idée ? lui dit-elle.

— Oh, elle m'est venue toute seule.

— Je m'en doutais.

Elle essaie de trouver une position confortable.

— Oh, dit-elle en grimaçant.

— Vous auriez dû refuser cette mission.

— Ah, ça vous a souvent arrivé de jour à ça à New-York ? lui demande-t-elle.

— Tout le temps...., sauf que nos poubelles dégagent une odeur plus légère ...., dit-il en les désignant de la main.

Harriet se ré-installe au mieux.

Le Sergent Chase Jarvis est au volant de la voiture, il traverse un entrepôt.

— Charlie 2 à diffusion, je suis bientôt en vue de la zone sensible.

« *Bien reçu, Charlie 2* », *répond Spikings depuis sa radio.*

Puis, il se gare et descend de voiture. Il ouvre le coffre arrière et prend un lourd sac poubelle plein. Plus loin, un homme l'observe à l'aide d'une paire de jumelles.

— C'est tout bon, ils ont suivi les instructions à la lettre. Il est venu tout seul, dit-il.

— Tout seul et à l'heure, dit un homme à côté de lui portant un costume classique et bonnet africain.

Le Sergent Chase Jarvis renverse le contenu du sac poubelle sur un tas d'ordure et parmi les détritus se trouve l'emballage fourni, soit une sorte de sac en nylon multicolore qui contient la rançon demandée. Puis, il rejoint sa voiture et quitte la décharge.

Dans l'épave de voiture, Harriet s'est assise près de Dempsey, elle tourne la tête et voit un berger allemand se diriger vers le tas de détritus. Dempsey relève son chapeau et regarde le chien.

— C'est pas vrai ! dit-il en se redressant et en voyant le berger allemand se saisir dans la gueule du paquet contenant la rançon.

Dempsey et Makepeace se précipitent pour sortir de la carcasse de la voiture.

— Dépêchons ! dit Dempsey.

Ils partent tous deux à la poursuite de l'animal qui ne prend pas le chemin le plus simple pour sortir de la décharge. Le chien se glisse sous un morceau de grillage et Dempsey et Harriet en font tout autant. La poursuite continue dans la rue. Tandis qu'une voiture arrive derrière eux à petite vitesse, Dempsey fait signe au conducteur de s'arrêter.

— Police ! Suivez ce cabot ! dit-il en s'asseyant à la place du passager.

Mais le conducteur préfère prendre la fuite et lui abandonne sa voiture. Dempsey se glisse sur le siège du conducteur, tandis qu'Harriet se précipite vers le siège passager. Ils reprennent leur poursuite à bord de la voiture qui est d'une lenteur déconcertante.

L'animal continue sa course dans un club sportif, il saute par-dessus le filet d'un terrain de tennis tandis que

Dempsey roule lui sur le filet et l'entraine avec eux.

— Hé là ! Stop ! hurle un homme qui se met en travers de leur chemin.

Le chien continue son parcours et rejoint la fourgonnette garée à deux pas. Il monte à l'arrière, puis les doubles portes se referment. Le véhicule s'arrête dans un quartier désaffecté et les trois hommes entrent dans un magasin abandonné.

— Ouvrez-le ! Et bien, ouvrez le paquet ! dit l'homme portant costume et bonnet à ses deux complices.

L'un des hommes ôte la ficelle qui enserre le paquet, il retire le sac multicolore de protection et découvre la rançon. Ils découvrent tous trois des faux billets....

— Non, mais qu'est-ce que ça veut dire ! Vous nous avez assuré que tout se passerait bien ! Vous vous êtes fait avoir !

— Ils se sont bien foutus de toi, Ruben, dit l'autre homme.

— Bon, ça suffit, la ferme ! leur dit l'homme au costume et bonnet les dents serrés. Ils n'ont pas joué le jeu. Je le jure, nous allons leur en faire payer le prix !

— Et, comment vous allez vous y prendre ?

L'homme se saisit d'un carton qui contient des bouteilles qu'il pose sur la table. Il sort une bouteille contenant un liquide brun.

— Avec ceci, leur dit-il.

— Avec du sirop !

— C'est avec ça que nous allons les mettre à genoux, leur dit-il.

Dempsey et Makepeace sont assis dans le bureau de Spikings.

— Bon, je veux bien le croire, je veux bien croire qu'il y avait un chien. Je veux bien croire que c'est à cause de ce chien que vous avez réquisitionné une voiture et pénétré de force dans un parc public !

— Sans abimer les pelouses, lui dit Dempsey.

— Oh, écoutez Dempsey ! lui dit Spikings un brin agacé. Ca suffit comme ça ! C'est bien compris ?

Dempsey et Harriet se regardent.

— Donc, la fourgonnette a été vu pour la dernière fois par vous se dirigeant par-là, dit-il en consultant la carte murale de la ville. Compte-tenu des observations précédentes, nous pouvons éliminer certains secteurs….

— On lui dit …, dit Harriet à voix basse en tirant sur la manche de Dempsey.

— Il vaut mieux se taire, sinon, il va encore nous expédier…., lui répond à voix basse Dempsey.

— Le chien ! dit Spikings en regardant Dempsey et Makepeace. Le chien a été vu également progressant dans la même direction. C'est là qu'était le siège de l'Armée de Libération Africaine, A.L.A. avant qu'elle entre dans la clandestinité. Et, puisque le Sergent Winfield et vous-même avez vu la fourgonnette, repéré l'homme et vu aussi le…le chien. J'ose suggérer que vous repreniez cette affaire en main. Allez vous changer, leur dit-il en les regardant.

Dempsey et Makepeace sortent d'un petit magasin d'alimentation en tenant une boisson à la main.

— C'est absolument ridicule ! dit Dempsey.

— Qu'est-ce qui est ridicule ? lui demande-t-elle.

— Vouloir enquêter en plein quartier noir en croyant qu'on sera pas repéré ! Ils vont renifler qu'on est des flics !

— Ca ne sera pas un problème, si vous écoutez mon idée.

— Oh, vous dire que c'est une bonne idée, ça ! dit-il agacé. Se déguiser en policier en tenue pour passer inaperçu !

— Justement, en uniforme, ils ne se douteront pas que nous sommes des inspecteurs !

Ils s'arrêtent de chaque côté de la voiture.

— Vous voulez que je vous dise ? dit Dempsey.

— Si vous n'étiez pas une si mignonne petite blonde, on pourrait croire que vous êtes vraiment stupide ! lui dit-il en s'asseyant sur le siège passager.

— Stupide ? dit-elle en s'asseyant derrière le volant de sa voiture. Qui a perdu les clés à un moment crucial !

— Non, mais jamais je n'ai eu ces clés ! s'écrie Dempsey.

— Je les ai mises dans votre poche ! crie-t-elle.

— Je regrette, mais elles n'y sont pas ! Elle sont peut-être dans les vôtres !

— J'ai regardé dans mes poches !

— Ah oui ? Vous avez regardé QUAND dans vos poches ?

Au même moment, un homme entre dans le petit magasin d'alimentation. Une petite camionnette blanche s'arrête à proximité.

— Parce qu'on les a chercher partout et qu'elles n'étaient pas tombées dans l'allée ! s'écrie Harriet.

— D'où viennent ces clés là, alors ?

— D'où viennent ces clés là ? Mais, j'ai deux jeu de clés !

— Mais, j'ai deux jeu de clés ..., dit Dempsey sur un

ton moqueur.

Deux hommes sortent d'une pharmacie, les bras chargés de cartons qu'ils chargent dans leur petite camionnette.

— Au voleur ! crie le pharmacien en sortant de son officine.

Dempsey et Makepeace continent leur vive discussion dans la voiture.

— En tous les cas, ne comptez plus sur moi, pour vous aider, dit Dempsey.

— Oh, mais jamais je n'ai compté sur vous ! lui répond-t-elle.

— Mettez-vous bien ça dans la tête…, dit-il.

— Ecoutez ! S'il m'arrivait un jour d'avoir besoin qu'on m'aide, ce ne serait pas à vous que je ferais appel ! s'écrie-t-elle.

— Mais, j'allais vous en prier ! lui répond Dempsey.

Le pharmacien de l'officine arrive en courant à la voiture de Dempsey et Makepeace.

— Excusez-moi ! leur dit-il.

— S'il vous plait ! lui dit Dempsey en tournant brièvement la tête vers l'homme.

Puis, il se tourne à nouveau vers Harriet.

— Bon assez discuté comme ça ! On a un rapport à

faire, on rentre !

L'un des hommes qui a participé aux évènements, sort d'une petite boutique dont le nom de « *Chemist* » est mentionné en haut du magasin. Il sort une cigarette de sa poche et monte dans la camionnette blanche.

— Ok, lui dit Ruben l'homme qui est assis derrière le volant.

A Scotland Yard, Dempsey est en train de rédiger son rapport. Il tape avec deux doigts sur son clavier.

— Oui, je sais, dit Spikings qui est au téléphone. Oui, c'est anormalement calme. Deux jours.

— J'ai trouvé sur ordinateur des renseignements intéressant sur la *West More Limited*, des résultats qui se confirment sur plusieurs années, dit Harriet en regardant Spikings.

— Ah oui ? lui dit-il.

— Les seules filiales du groupe auxquels l'A.L.A. s'attaquent sont celles qui perdent de l'argent. Comme les stations-services qu'ils voulaient d'ailleurs vendre avant les incidents ainsi que la petite supérette dont la situation n'est guère brillante.

— Eh bien, continuez donc à explorer dans ce sens, dit-il.

Le téléphone sonne.

— Oui, j'écoute ! dit Spikings en décrochant le combiné. Quoi ?

Il se passe la main sur le sommet de sa tête tandis qu'Harriet le regarde.

— Oh, non ! dit-il.

Dempsey se retourne et regarde Spikings, son cigare au coin des lèvres.

— Bon, d'accord, dit-il en raccrochant.

— Qu'est-ce qu'il y a ? lui demande Harriet.

— Ah, cette fois, ils ont mis dans le mille ! Du sirop pour la toux à quatre-vingt pour cent de Strychnine. Ils ont substitué des flacons chez un pharmacien, une vieille dame en est morte et trois autres sont à l'hôpital.

— De la Strychnine dans du sirop ? dit Dempsey.

— Ils ont changé de méthodes et d'objectifs, dit Harriet.

— Comment ça, d'objectifs ? dit Chase.

— Ce sirop est la vache à lait de la Société *West More*, ça va les toucher en plein cœur ! dit-elle en prenant ses dossiers sous son bras.

Spikings se dirige vers Dempsey.

— Le Sergent Winfield a découvert une piste très intéressant sur cette affaire. Donnez-lui un coup de main, voulez-vous ? lui dit Spikings.

— Hé là, oh, oh, doucement ! dit Dempsey en se levant brusquement de sa chaise. Un coup de main ? Vous voulez que je me mette sous ses ordres ? lui dit-il agacé.

— Oui, lui dit Spikings en lui faisant un grand sourire.

Dempsey se retourne lentement et croise le regard d'Harriet pas mécontente de la réponse de Spikings. Puis, elle continue de feuilleter les pages de son dossier. Dempsey prend une respiration, puis il pousse sa chaise vers le bureau d'Harriet. Il s'assoit en face d'elle et pose ses pieds sur le bureau de la jeune femme.

— Est-ce que je peux faire quelque chose pour vous....Sergent, lui dit-il.

— Vous pourriez peut-être me seconder.... Lieutenant, lui dit-elle d'un air détaché.

Dempsey prend une respiration.

— Vous pourriez m'aider à éplucher cette documentation, mais je crois que vous n'aimez pas beaucoup ça, dit-elle en lui donnant un document.

Il tend la main et laisse tomber le document sur le sol.

— Je n'aime pas du tout, lui répond Dempsey.

— Je n'en suis pas surprise. Réfléchissons, dit-elle en

refermant son dossier. Oh, si je vous envoyais prendre l'air. On vient de me remettre le portrait d'un suspect qui doit très probablement errer dans les rues, lui dit-il en lui remettant un document.

Dempsey sourit et prend la feuille, C'est le portrait du chien, un berger allemand. Il froisse la feuille d'une main tout en fixant Harriet des yeux.

— Nous n'aimons guère les cow-boys dans nos services, lui dit-elle.

— Allez jeter un coup d'œil, là aussi, pendant que vous y serez, dit Spikings en déposant un papier sur les genoux de Dempsey.

— Je vais vous montrer ce qu'un cow-boy sait faire, dit Dempsey en posant ses deux mains sur le bureau et en regardant Harriet.

Puis, il prend son blouson et sort du bureau.

Dempsey est dans un pub en ville, il se fraye un chemin parmi les consommateurs. Il s'approche du bar et s'adresse au serveur.

— Une bière et un chasse bière, s'il vous plaît, dit-il.

Le serveur pose le petit verre d'alcool sur le comptoir, puis la bouteille de bière.

— Et, un verre, lui dit Dempsey.

L'homme prend un verre et le pose sur le comptoir. Dempsey verse sa bière dans le verre. Il boit une gorgée et regarde son verre. Le serveur, un jeune africain, le regarde tout en astiquant le verre qu'il tient dans la main.

— Il y a longtemps que vous êtes barman ici ? lui demande Dempsey.

L'homme continue d'astique le verre qu'il tient dans la main tout en soufflant dessus, puis il continue de l'astiquer avec son torchon.

— Hé ! Vous avez entendu ?

L'homme pose le verre, puis son torchon et mets les deux mains sur le comptoir.

— Vous disiez ? dit-il.

— Je disais, il y a longtemps que vous êtes barman ici ?

— En quoi, est-ce que cela vous regarde ?

— Ca ne me regarde pas, c'est vrai.

— Pourquoi demander, alors ?

— Parce qu'à ma connaissance, les barmans savent beaucoup de choses.

— Sur quoi, par exemple ?

— Sur une bande de petits rigolos qui font des cartons dans la rue avec des mitraillettes. Vous ne les connaissez peut-être pas personnellement, mais vous avez peut-être des infos.

— Ca vous fera cinq livres sterling, lui dit le barman.

— Pour les infos ?

— Trois pour le service et deux pour la consommation. Et, tirez-vous en vitesse !

Dempsey s'apprête à boire une gorgée de bière dans son verre.

— Regardez-moi ce verre, il est vraiment dégueulasse. Et, ce verre est dégueulasse ! dit-il en regardant le barman.

Dempsey lance son verre plein sur le comptoir.

— Du calme l'ami ! dit un homme qui surgit près de lui.

— Du calme, vous-même ! crie Dempsey en leur montrant sa carte de police. Comprit ? dit-il. Vous êtes barman ou vous ne l'êtes pas ?

— Moi, je ne sais rien du tout ! lui dit le barman. La consommation, c'est pour la maison.

— Merci, mais donnez-moi un autre verre, s'il vous plait.

Le barman prend un verre et le pose sur le comptoir.

— Et, si possible, un verre propre ! dit Dempsey en prenant le verre et en le jetant derrière le comptoir.

Le barman prend un autre verre, le frotte avec son

torchon, puis le pose sur le comptoir devant Dempsey.

— Ah, cette fois, c'est propre ! dit Dempsey en prenant le verre.

Il regarde le barman et jette à nouveau le verre sur le sol.

— Ecoutez ! Puisque je vous dis que je ne sais rien et je me tairais si je savais quelque chose ! Ces types là sont dangereux et je tiens à ma peau, pigé ?

Dempsey débarrasse d'un coup de main tous les verres sur le comptoir. Puis, il attrape un tabouret et le lance sur les bouteilles derrière le comptoir. Il attrape le barman par le col de son tee-shirt.

— Je vais te mettre les points sur les « i » ! Si je voulais, je n'aurais pas besoin de ma carte, parce que quand je veux quelque chose, je peux devenir enragé ! On m'a fait venir de New-York pour régler cette affaire et je suis décidé à en venir à bout pour rentrer au plus vite ! Parce que j'ai quelqu'un qui m'y attend, si tu vois ce que je veux dire ! Tu connais le proverbe, loin des yeux, loin du cœur et les absents ont toujours torts. C'est la raison pour laquelle, je n'ai pas l'intention de faire de vieux os, ici à Londres ! Et, comme les choses n'ont pas l'air d'avancer comme je voudrais, je me sens devenir complètement enragé et je suis décidé à employer les grands moyens. Alors, tu vas m'aider ou c'est avec toi, que je vais ouvrir le bal ! Tu vas coopérer et je te donne cinq secondes à partir de maintenant. Je compte, dit-il en sortant son revolver et en le pointant sous le nez du barman. Soixante et un, soixante-deux, soixante-trois…

La voiture de Dempsey s'arrête non loin du local de l'A.L.A.

— Alors, c'est là ? Ta contribution au maintien de l'ordre sera portée à ton crédit ! Maintenant, tu peux filer, dit-il au barman assis sur le siège passager.

L'homme descend de voiture.

Dempsey descend à son tour, il sort son arme, vérifie le contenu du barillet et la remet dans son étui. Il s'avance lentement vers le local. A l'intérieur, la musique est forte, un homme et une femme danse enlacé, un homme arrive dans la pièce. Par la vitre, il voit Dempsey s'avancer. Dempsey ouvre la porte brutalement et entre. Les deux hommes regardent Dempsey.

— Eh bien, qu'est-ce qui se passe ? demande un troisième homme qui entre dans la pièce.

Dempsey sort son arme et assomme l'un des hommes, puis il pointe son revolver vers le troisième homme.

— Ne bougeons plus ! hurle-t-il. Au moindre geste, je vous descends !

A Scotland Yard, Harriet est affairée. La porte du bureau s'ouvre et un homme ficelé comme un saucisson entre. Il est suivi d'un cheval sur lequel est monté Dempsey. Toute l'équipe le regarde plus que surpris.

— Salut Sergent ! dit Dempsey. J'ai rassemblé le troupeau, dit-il en lui lançant la corde. L'affaire est réglée ! dit-il en descendant de cheval. Il s'avance et tend les brides de son cheval à Harriet Makepeace. Ah, euh… lui, c'est le chef et le reste des indiens est dans le vestibule.

Dempsey entre dans le bureau de Spikings.

— Je démissionne ! dit-il en lançant sa carte de police sur le bureau de Spikings.

— Pourquoi ? lui demande Spikings.

— Parce que j'en ai plein le dos, de vos façons de faire. Je vais étouffer !

— Qu'est-ce qui s'est passé avec elle ?

— Vous le demandez ?

Dempsey se dirige vers la porte.

— Vous vous trompez à son sujet ! lui répond Spikings.

— Bonne journée quand même, lui dit Dempsey en quittant le bureau.

Dempsey fait quelques pas et s'arrête devant le bureau d'Harriet.

— Adieu partenaire, j'ai mon avion qui m'attend, lui dit-il.

Il caresse le museau du cheval.

— Tu pourras peut-être t'entendre avec elle, dit-il au cheval.

Il quitte le bureau tandis qu'Harriet reste rêveuse.

Dempsey est en route pour l'aéroport d'Heathrow. Dans les bureaux du MI6, Spikings sort de son bureau.

— Eh bien, dit-il à Harriet. On pourrait peut-être annoncer à la *West More* où on en est de la situation. Il faut avouer que Dempsey leur a bien sauvé la mise.

— Je ne dis pas le contraire, dit-elle.

— Appelez-moi, McLean, à la société *West More*, voulez-vous ? dit Spikings au téléphone.

Harriet réfléchit les coudes sur son bureau.

— Attendez ! Je crois que j'ai une idée, lui dit-elle en se levant de son bureau.

— Euh, non, non, inutile, dit Spikings au téléphone.

— Et, je crois pouvoir le prouver.

Elle se rassoit derrière son bureau et fouille dans ses documents sous l'œil amusé de Spikings.

Pendant ce temps, Dempsey arrive à l'aéroport.

— Roger ? Harriet. Bien et vous ? Vous voulez me rendre un service ? Oui, je sais, je vous promets qu'on sortira un de ces soirs. Ecoutez, il s'agit d'entrer en contact avec un spécialiste des marchés boursiers de Tokyo, Hong Kong et New-York et de Londres, bien sûr. Oui et ça, dès que possible. Parfait, merci et à bientôt.

Dempsey arrive près du hall de dépose de sa voiture.

— La *West More Limited*, Monsieur McLean, je vous prie, dit Harriet au téléphone. Allo Monsieur McLean ? Sergent Winfield. Nous avons de bonnes nouvelles pour vous, nous tenons la bande, toute la bande. Nous allons faire un communiqué à la presse, disons dans une heure environ. Non, personne n'est au courant, au revoir.

A l'aéroport, Dempsey se présente au comptoir.

— Je voudrais changer mes livres sterling contre des dollars américain, dit-il en remettant une liasse de billets sur le comptoir. C'est un dollar américain en argent ? demande Dempsey en voyant une pièce sur le comptoir.

— Oui.

— Je peux regarder ?

Il lui remet la pièce.

— Vous ne voudriez pas le vendre ? Je vous en donne cinq livres sterling.

— Je n'ai rien contre.

— Marché conclu, payez-vous, lui dit Dempsey.

Dans le bureau d'Harriet.

— Allo, Londres ? Ici, c'est de la folie ! Il pleut des ordres de tous les côtés, dit son contact au téléphone. Si ça continue, il va falloir suspendre la cotation ! Mais, que se passe-t-il ?

— C'est exactement, ce que je croyais, lui répond Harriet. Au revoir et merci.

Elle se lève de sa chaise.

— Chase ! Je vais au siège de la *West More* chercher les preuves qui me manque.

— Et, si Dempsey téléphone, qu'est-ce que je lui dis ?

— Dempsey ne téléphonera pas. Mais, en supposant qu'il le fasse, mais il ne le fera pas. Mais, s'il le fait, dites-lui, que je n'ai pas besoin de son aide.

A l'aéroport, Dempsey rejoint l'hôtesse pour restituer sa voiture.

— Bonjour, j'ai garé la voiture là-bas. Je vous ai inscrit le kilométrage réel et il reste une moitié de réservoir. Et, vous avez une note de crédit de New-York, je crois que tout est en ordre.

Il remet les documents à l'hôtesse.

— Qu'est-ce que j'ai fait des clés ? dit-il en fouillant ses poches. C'est bizarre, j'ai un trou dans ma poche.

Un trousseau de clés tombe par terre.

— Les clés sont là, dit l'hôtesse en brandissant un trousseau de clés.

Dempsey ramasse le trousseau de clés par terre, puis il réfléchit. Ce sont les clés de la voiture d'Harriet. Il les serre dans sa main.

— Comme c'est amusant, dit-il.

Harriet Winfield se gare sur le parking de la *West More*. Elle prend son sac à main et descend de voiture.

— Monsieur McLean sera ici dans quelques instants, lui dit l'agent d'accueil de la compagnie en l'installant dans le bureau.

Elle ouvre un meuble et fouille les documents. Puis, elle les remets en place et en prend d'autres.

— Ah, Monsieur McLean ! lui dit-elle tandis que l'homme entre dans la pièce. Je cherchais de quoi lire en vous attendant.

— Je vais le remettre en place, lui répond l'homme

qui est accompagné d'un collaborateur.

— Merci, lui dit-elle en lui rendant les documents.

Il la regarde longuement, puis regarde les documents. Un troisième homme entre dans la pièce et pointe son revolver vers Harriet.

— Puis-je, Messieurs, vous accorder toutes mes félicitations ?

— A quel sujet ?

— Pour la simplicité et l'élégance de votre plan.

— Quel plan ?

— Mais, donner des informations à l'A.L.A., et l'encourager, l'aider à s'en prendre aux intérêts de la compagnie pour faire baisser en bourse les actions de la *West More*, afin de les racheter au plus bas et en prendre ainsi le contrôle. Sans compter bien sûr, les millions de dollars que vous ferez en revendant les actions ensuite, lorsque les cours auront retrouvé leur niveau normal.

— Vous ne manquez pas d'imagination, Mademoiselle Winfield, lui répond McLean.

Harriet marche dans le parking en sous-sol de la *West More*, avec McLean derrière elle. Puis, il l'a fait monter à l'arrière de sa voiture. La voiture démarre tandis qu'il pointe son revolver en direction d'Harriet. Elle regarde l'arme braquée sur elle, puis McLean.

Dempsey surgit, il est sur une moto. En face de lui, arrive la Rolls-Royce de McLean. Il accélère et fonce vers la voiture qui percute un mur pour l'éviter. McLean descend de voiture et tire sur Dempsey tandis que dans la voiture, Harriet assomme le chauffeur en lui frappant la tête sur le volant. Dempsey fonce sur McLean et le percute avec la moto, l'homme chute au sol.

Dempsey s'arrête près de la voiture, il se retourne et regarde Harriet qui le regarde à son tour.

— Beau travail Sergent, dit Spikings. Très bien conçu, très bien exécuté.

— Patron ? dit Chase en appelant Spikings.

Dempsey rejoint Harriet et pose son blouson sur les épaules de la jeune femme.

— Pourquoi êtes-vous revenu ? lui demande-t-elle. Je vous croyais reparti pour New-York ?

— J'en avais l'intention, mais j'ai appelé de l'aéroport et quelqu'un m'a transmis votre message.

— Et, pourquoi avez-vous appelé ?

— Parce que je ne retrouvais plus mon dollar porte-bonheur. J'ai dû le laisser dans la boite à gants de votre voiture.

— J'ignorais que vous possédiez un dollar porte-bonheur, lui dit-elle.

— Mon grand-père m'en avait fait cadeau, il y a longtemps.

— Lieutenant ? dit Spikings. Lieutenant ?

Dempsey se dirige vers Spikings.

— L'atmosphère est toujours aussi lourde à New-York et je vais rester ici quelques temps encore.

Spikings sort la plaque de Dempsey de sa poche, il la regarde et la lui tend.

— Vous vous habituerez au climat, dit-il en lui tapotant l'épaule.

— C'est pas le climat qui est le plus dur…

— Quoi alors ?

— Oh rien ! lui dit Dempsey.

Harriet ouvre la boite à gants de sa voiture et trouve le dollars en argent de Dempsey ainsi que le trousseau de clés de sa voiture. Elle regarde le trousseau et sourit. Puis, elle rejoint Dempsey.

— J'ai regardé dans la boite à gants, lui dit-elle.

— Est-ce qu'il y était ?

— Non, il n'y était pas. Mais, il y avait ceci, dit-elle en lui montrant le trousseau de clés.

— Ah bah, ça alors, les clés qu'on croyait perdus.

— Mais, comment ont-elles atterrit là ? Je suppose

que je vous dois des excuses ?

— Bah, vous pourriez m'offrir une coupe de champagne ... avec beaucoup de glace.

— Du champagne avec de la glace ?

— Oui, c'est comme ça que je l'aime.

FIN

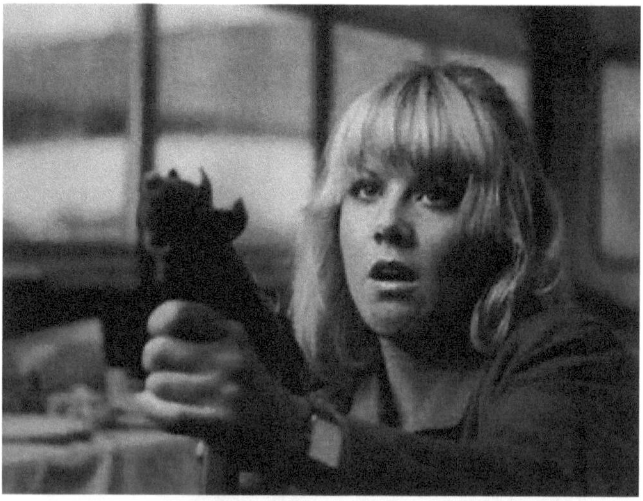

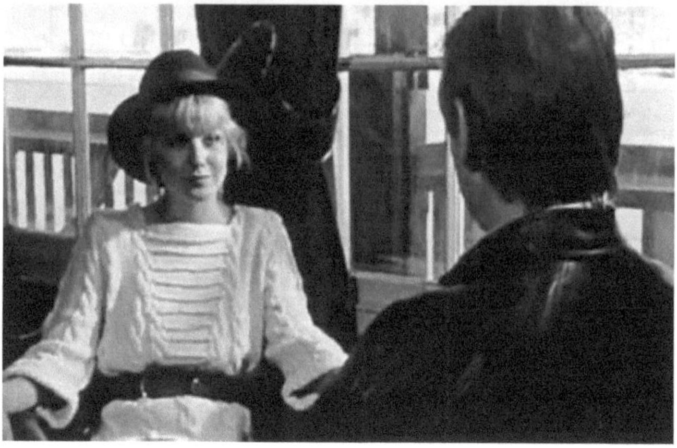

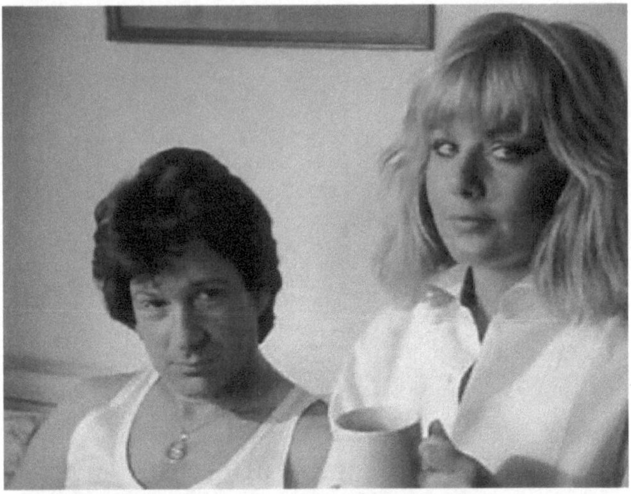

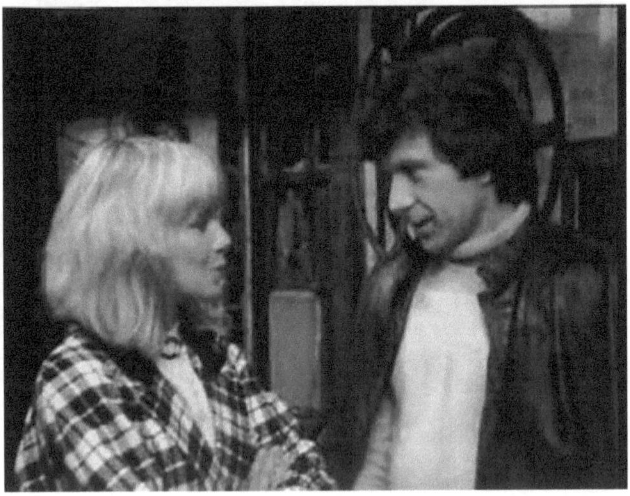

Saison 2 - Episode 2 : « Marocco Jack »

Résumé : « *A bord d'un bateau touristique sur la Tamise, Harriet, sous un faux nom, et un journaliste, Clyde, rencontrent Jack et ses hommes. Harriet est censée écrire un livre sur les casses célèbres. Trois hommes en uniforme arrivent et tentent de tuer Jack. Il est sauvé par l'intervention d'un de ses hommes et d'Harriet qui tuent chacun un des agresseurs. Clyde, qui avait informé Harriet de l'apparition d'un nommé Marocco Jack dans le milieu, aide Harriet à s'y infiltrer.....* »

Un bateau touristique navigue sur la tamise, sur le pont, un orchestre joue pour les invités installés à bord où l'ambiance est au jazz. L'ambiance est festive et les gens dansent, on se croirait à la Nouvelle Orléans.

Harriet Makepeace est assise à une table, elle est en bonne discussion avec un journaliste : Clyde.

— Oui, il a passé la marche arrière et il a descendu les marches, dit un homme assis à une autre table entouré de ses invités. Oui, il a failli s'en tirer, mais l'histoire, c'est qu'il a crevé son réservoir et il n'a pu faire que deux cents mètres dans Helken Road !

Les hommes assis à sa table se mettent à rire.

— La panne d'essence !

— Il sort l'année prochaine, lui dit Presley un homme d'une trentaine d'années.

— Des types de ce genre, on peut s'en passer !

— Stan Newton est un bon chauffeur, dit l'un des autres hommes portant un chapeau de cow-boy.

— Presley ? dit-il.

— Hum, mais je le trouve peut-être trop…. bruyant ! dit-il.

— Bruyant ?

— Bang bang ! dit l'homme assis à côté de lui tout en mimant un revolver de sa main.

Un bateau fluvial arrive à grande vitesse vers le bateau de croisière tandis que les musiciens continuent de jouer.

— C'est quand vous voulez, Debbie, dit Clyde à Harriet Makepeace. Debbie ? C'est quand vous voulez !

— Oui, bien sûr. D'accord, allons-y ! lui dit-elle.

Ils se lèvent tous deux de table.

— Quand étais-tu à la Légion Etrangère, Jack ?

— Au deuxième régiment étranger de parachutiste, je te prie.

— Ouais, je suppose que tu as dû t'en payer…..

Clyde et Harriet se présentent à leur table et l'homme s'interrompt.

— Qui est-ce Presley ? lui demande Jack.

— Il s'appelle Clyde ! Journaliste au *London Evening Mail* !

— Salut Jack ! dit le journaliste.

— La fille, qui c'est ? demande Presley.

— Debbie Smith, elle écrit un livre sur les casses célèbres, dit Clyde.

— Salut à tous, leur dit Harriet tout sourire.

— Les casses ? dit Jack. Vous avez des amis flics ?

— Monsieur Clyde est un spécialiste des affaires criminelles, répond l'homme assis près de Jack. C'est pourquoi, ses relations lui sont très utiles.

— Pour l'instant, il n'y a rien à signaler, je regrette, leur répond Jack.

Dehors, le bateau fluvial accoste le bateau de croisière et trois hommes en uniforme font irruption à bord. Depuis le restaurant situé sous le pont, le bruit d'une explosion résonne et fait voler en éclat les vitres et les verres du bar. Les cris des convives raisonnent à l'extérieur et à l'intérieur de l'embarcation. Les passagers se protègent en se réfugiant sous les tables. Les trois hommes en uniforme ouvrent le feu sur Jack et son équipe.

— Ne bougez pas ! C'est après Jack qu'on en a ! hurle l'un des trois hommes son arme au poing.

Jack et ses hommes relèvent la tête tandis que l'homme commence à décharger son chargeur dans leur direction. Harriet Makepeace qui se trouve à proximité, envoie un coup de pied dans l'arme, puis son poing dans le visage de l'homme.

Jack se rue sur l'un des deux hommes restant armé d'une mitraillette. L'homme qu'Harriet a frappé se redresse, il tente d'arrache son arme automatique de ses mains, mais elle le mort au poignet et lui assène un coup de crosse dans les côtes.

— Je le tiens, vas-y ! hurle l'un des hommes qui s'est emparé de Jack.

Son complice pointe son arme vers Jack. Mais, Harriet qui tient une mitraillette dans ses mains, vide le chargeur sur l'homme qui s'apprêtait à descendre Jack.

Les équipes de Spikings descendent sur les berges de la Tamise, non loin se trouve le Parlement de Londres.

— On a interpellé quelqu'un de chez vous, dit un officier en civil à Spikings. Une fille qui se prétend journaliste ou plutôt écrivain, elle est accompagnée par Tom Clyde, un journaliste à *l'Evening Mail*.

— Elle sait que vous l'avez repéré ? demande Spikings.

— Non.

— Qui est mort ?

— Un certain William James Denace.

— *Wheelman*, l'homme à la hache.

— Pas de regrets à avoir et Harry Do Sotto.

— Du gros gibier ! Ce n'est pas dans vos habitudes, lui dit Spikings.

— Et cinq autres arrestations, dit l'officier. Un des agresseurs et quatre des victimes.

— Qui a tué Denace ? demande Spikings tandis que l'on évacue une civière.

— Do Sotto.

— Et, qui a tué Do Sotto ?

— La fille !

— Je lui avais dit de ne pas emporter d'arme !

— Elle s'est servi d'une des leurs.

— J'en ai plein le dos de cette violence ! dit Spikings. Qu'est ce qui s'est passé ?

— J'espérais que vous alliez me le dire, Spikings.

— Bon, voilà où nous en sommes. Clyde de *l'Evening Mail* a entendu dire qu'un certain « *Marocco Jack* » est soudainement apparu. Il en a parlé au Sergent Winfield et l'a fait passer dans le milieu pour un écrivain.

— C'est très coopératif.

— Oui, je crois surtout que c'était pour se protéger.

— Ce qui n'exclut pas la prudence.

— Tout cela ne m'avance pas pour autant, c'est ce qui m'inquiète, je vous l'avoue franchement.

Spikings se retourne et voit Harriet Makepeace quitter le bateau, une couverture sur ses épaules. Elle est aidée par un agent de police en uniforme.

— Vous allez prendre la suite ? demande l'officier à Spikings.

— Non. L'affaire est de votre ressort. Je vais vous demander …

— De vous donner accès à toutes mes notes et personnes arrêtées ?

— Exact, lui répond Spikings tout sourire.

— J'ai été prévenu par nos supérieurs, de ….

— De quoi ?

— De regarder où je mets les pieds.

— Et si vous étiez à ma place ?

— J'y veillerais.

Dempsey entre dans une salle d'interrogatoire où se trouve assis sur une chaise, l'un des hommes du commando d'attaque sur le bateau.

— Ton nom ? lui demande-t-il.

L'homme le regarde et sourit.

— Tu t'appelles comment beau gosse ? lui demande Dempsey. Qu'est-ce qui te fait rire ?

— Y'a longtemps que vous êtes flic ?

— Ah non, je débute, ça se voit tout de suite. Bon, comme tu voudras, dit-il en posant un pied sur une chaise.

Il regarde le contenu du dossier.

— Tu t'appelles : Egg. Edouard, Georges, alias Miller, alias Maxwell. Trois condamnations pour vols, attaques à mains armées et possession d'arme prohibée. Tu as été vu par trois témoins, fusil à la main qui a ouvert le feu sur plusieurs passagers sur le bateau de plaisance le « *Golden Salamender* ». Tu as tué William James Denace. Tu vas être inculpé de meurtre. Alors, tu veux lire la feuille ?

— Vous pouvez vous torcher avec ! lui répond Egg.

— Oh, c'est pas gentil, ça, lui dit Dempsey. C'est pas gentil du tout, si c'est tout ce que l'on vous apprend en prison, on ne devrait jamais vous y mettre.

Dempsey lève la tête vers l'agent qui est présent dans la salle.

— Vous, sortez ! lui dit Dempsey.

— Désolé Monsieur, mais j'ai des ordres….

— Tirez-vous ! hurle Dempsey en jetant le dossier de Egg dans sa direction.

Egg se jette à terre, tandis que Dempsey donne un violent coup de pied dans la chaise et se rue sur la porte pour la refermer. Puis, il s'adosser à l'un des murs en face de l'homme et expédie la chaise sur lui d'un coup de pied.

— On sait parfaitement que vous voulez tous tuer le nommé « *Jack* » ! C'est sur le rapport, je cite : « *C'est après Jack, qu'en en a* » fin de citation. Alors, maintenant on va parler un peu. Ca ne pourra qu'arranger tes oignons. Tu vas répondre qu'à une seule question, dit-il en sortant un cigare de la poche de sa chemise.

— Laquelle ?

Dempsey allume son cigare et tire une bouffée.

— Qui est *Marocco Jack* ?

Dempsey regarde les informations qui s'affichent sur l'écran de l'ordinateur.

— Cade Williams Jones, alias *Marocco Jack*, lit-il. A

fait un séjour à la prison aux Baumettes à Marseille. Et, un autre de deux ans, à la maison d'arrêt de Lionne.

— Lyon, rectifie Chase.

— Lyon, Marseille, une prison est une prison, dit Dempsey.

— Celle de Marseille est très connue, lui dit Chase.

— Donc, il a tiré huit ans en France, dit-il en consultant les documents qui sortent de l'imprimante. Et, notre client a fait aussi un séjour à la Légion Etrangère et a fait partie de la bande d'un certain « *Sagari* » ?

— Spaggiari, dit Chase.

— Il était connu ?

— Oui *Spaggiari* et comment ! lui dit Chase. C'est l'auteur du casse du siècle en France, en passant par les égouts.

— Il semble que « *Jack* » était dans ce coup-là et qu'il s'est fait cueillir !

— Si on veut le descende ici, ça veut dire, qu'il est indésirable, un concurrent dangereux, dit Chase tout en mordant dans son sandwich.

— Oui, c'est probable. Ca veut dire, allez vous faire voir ailleurs !

« *Et je vous répète, que je sais ce que j'ai à faire ! Et, que je suis le patron dans mon service !* », hurle Spikings *depuis son bureau.*

— Eh bien, qu'est-ce qui se passe ? demande Dempsey à Chase.

« ....*et que j'en prendrais mes responsabilités !* »

— C'est le grand patron qui tire les oreilles aux nôtres, lui répond Chase.

« ...*d'accord ! Faites ce qui vous plaira ! C'est ça ! Au revoir !*»

— Oh, ça lui fait du bien de temps en temps, lui répond Dempsey. Où est passée, Harriet ?

Tom Clyde entre dans un pub. Il rejoint Harriet Makepeace qui est installée au bar. Il se penche et lui fait une bise.

— Vous aviez l'air inquiète au téléphone, lui dit-il en s'asseyant près d'elle.

— Vous devez savoir que je n'aime pas être obligée de tuer un homme, lui dit-elle.

— Vous devez savoir de votre côté, que c'est un des risques de votre métier. Je préfère que ce soit *Do Sotto*, plutôt que vous, lui dit-il.

— Merci, lui dit-elle.

— Et, qu'est-ce qu'en pense votre patron ? Vous allez sûrement...

Il se tourne vers le barman.

— Une pinte de bière brune, lui demande-t-il.

Puis, il se tourne vers Harriet.

— ….vous allez sûrement avoir la vedette !

— Je ne sais pas.

— Il ne vous a pas proposé pour une médaille ?

— Je l'ignore, je ne l'ai pas encore revu.

— Vous plaisantez ?

— Tom, j'aimerais bien savoir ce qui se passe.

— Et bien, le bruit court que la légende de « *Jack Cade* » s'est répandu en ville. Il recrute à tour de bras des caïds du milieu. Et, le bruit court aussi, qu'il tenterait bientôt un très gros coup pour affirmer sa réputation !

Le serveur lui apporte sa bière et Tom Clyde lui tend un billet.

— En avez-vous parlé ? lui demande-t-elle.

— Oui, mais la criminelle, l'a relâché ! Il m'a donné une interview pour la dernière ! lui dit-il en lui remettant le journal qu'il tient dans la main.

— Waouh, lui dit Harriet tout sourire en dépliant le journal.

— Il voudrait vous voir, dit-il en buvant une gorgée de bière.

— Pourquoi ?

— Vous lui avez sauvé la vie, non ?

— Ma couverture tient encore ? lui demande Harriet.

— Bien sûr ! Puisque, je suis le garant de vous.

— A titre gratuit, je suppose ? lui demande-t-elle tout sourire.

— Oh, vous pouvez avoir l'occasion de me renvoyer l'ascenseur !

— En vous donnant une interview ? Je ne peux rien promettre Tom, vous êtes trop connu, dit-elle.

Elle prend son verre de vin blanc et boit une gorgée.

— Et bien, on pourrait peut-être convenir d'un lieu, d'un endroit discret et sûr.

— Par exemple ?

— Pourquoi pas chez moi, lui dit-il

— Chez vous, un endroit sûr ..., lui dit-elle en riant.

Dans les bureaux du MI6.

— Monsieur le Superintendant, vous dirigez une brigade de tueurs et de machos ! dit un homme haut gradé en uniforme. Nous sommes las de vous excuser auprès de vos collègues !

— Tueurs et machos ? J'ai failli perdre Harriet sur la voie publique, répond Spikings.

— La voie publique a failli perdre l'un de ses

membres, non ?

Dempsey entre dans le bureau en claquant la porte.

— Tenez, voilà le champion ! Maudit yankee ! dit-il en voyant Dempsey.

— Alors les contraventions, ça marche ? lui dit Dempsey.

— Il en rate jamais une, dit Spikings en se passant la main sur le haut du crâne.

— Grossier personnage ! dit l'homme qui remet sa casquette et quitte le bureau.

— Bah quoi, qu'est-ce que j'ai dit ?

— Oh rien de plus que d'habitude ! lui dit Spikings. Où est votre partenaire ?

— Pourquoi me le demandez-vous ? Vous l'avez envoyée en opération sans même m'en parler ! J'aurais pu la couvrir, votre DEBBIE SMITH ! dit-il vert de rage en jetant le journal sur le bureau de Spikings.

— C'était une mission sans consigne précise, rien de plus ! Un de ses anciens camarades de collège devait la mettre en rapport avec un nouveau venu qui tente de s'introduire dans le milieu du banditisme local. L'ami en question est un reporter.

— Pourquoi vous ne m'en aviez pas parlé !

— Parce que personne ne s'attendait à la fusillade !

— Personne !

— D'accord ! Je veux dire moi, je l'avoue.

— Ni Harriet !

— Ni Harriet !

— Maintenant, où est-elle ?

— La Brigade Criminelle assure sa couverture. Ils l'ont arrêté et relâché. Je n'en sais pas plus !

Le téléphone sonne et Dempsey sort du bureau de Spikings.

— J'écoute ! dit Spikings en décrochant le téléphone. Sergent Winfield, où êtes-vous, bon dieu ! hurle-t-il.

Dempsey fait demi-tour et entre dans le bureau de Spikings.

La nuit est tombée sur la ville. Les portes de l'ascenseur d'un immeuble s'ouvrent et Dempsey en sort en tenant une bouteille de vin à la main. Il resserre sa cravate et frappe trois coups à la porte d'un appartement. Harriet ouvre la porte.

— Alors, dit-il en entrant. Comment ça va ?

Elle ouvre l'un des placards de la cuisine et en sort deux verres.

— Pas terrible, je crois que j'ai attrapé un bon rhume, lui dit-elle.

— Oh alors, on s'embrasse pas, dit-il en débouchant la bouteille de vin.

Elle pose les verres sur le comptoir de la cuisine.

— Vous avez refilé à *Do Scotto* plus qu'un rhume à ce qu'on dit ?

— *Do Scotto* s'apprêtait à tuer *Cade*, lui dit-elle.

— Oui, je sais.

— Il avait une arme pointée en direction de sa tête.

— Mais, je ne vous ai pas demandé d'explication, lui dit-il.

— Alors, qu'est-ce que vous venez faire ? lui demande-t-elle en s'asseyant.

— J'ai eu un entretien avec l'un des membres de l'expédition primitive, un nommé : *Egg*, dit-il en servant le vin dans les verres.

— Egg ? dit-elle. Le Lieutenant Charlie Paterson ? Il ne dira pas un mot.

— Je l'ai persuadé de parler. Il semble que son patron veut que *Marocco Jack* soit neutralisé et comme nous aussi, je lui ai expliqué que nos intérêt étaient communs.

Il rejoint Harriet et lui tend un verre de vin.

— Il vous arrive d'avoir des idées, lui dit-elle.

— C'est un compliment ?

— Pas vraiment.

— On pense que *Marocco Jack* essaie de se faire une place dans le milieu du crime à Londres.

— C'est vrai. Ca se confirme.

— Il faudrait pouvoir trouver un moyen de s'infiltrer.

— Il cherche un bon chauffeur.

— Qu'est-ce que vous en savez ?

— Parce que je l'ai entendu avant que le bruit ne couvre la voix.

— Un chauffeur, répète Dempsey pensif.

— On pourrait demander à Interpol de diffuser un avis concernant un américain recherché pour trafic de drogue, dit-elle.

— Un américain se cachant à Londres ? lui dit Dempsey.

— Le bruit se répandra.

Elle boit une gorgée de vin.

— Eh bien, il vous arrive d'avoir aussi des idées.

— Et, c'est un compliment ?

— Pas vraiment.

Dans un salon de coiffure, une cliente se fait coiffer. Harriet Makepeace entre dans le salon. Elle porte un long manteau de cuir couleur marron et un chapeau sur la tête.

— Madame Cade ? dit-elle en regardant la coiffeuse.

— Ellen Cade, oui.

— Bonjour, j'aimerais voir Monsieur Cade.

— C'est de la part de qui ?

— Debbie Smith.

— Un moment, voulez-vous ? Suivez-moi, lui dit-elle.

Elle abandonne sa cliente quelques instants.

— A propos d'hier ? lui dit Ellen Cade à voix basse.

— Oui.

— Il dit que vous manier que vous maniez la mitraillette comme un as.

— Si le coup est parti, c'est par accident. C'est ce que j'ai dit à la police.

— De toute façon, vous lui avez sauver la mise, lui dit-elle tout sourire. Il est au judo.

Dempsey est dans le sous-sol des bureaux. Il s'adresse à un mécanicien qui s'occupe de l'entretien d'une des voitures de police.

— Dites, j'ai besoin de quelque chose de nerveux qui ne craigne pas les accrocs, dit-il.

— Quels genre d'accrocs et qui êtes-vous ?

— Des accrocs dans la carrosserie. Lieutenant

Dempsey stagiaire de la police de New-York.

— Et pour quel service voulez-vous ce véhicule ?

— Le MI6.

— Même pour le MI6, il faut une autorisation, Lieutenant. C'est sûrement la même chose à New-York !

— Ecoutez, le Chef Superintendant Spikings régularisera. Alors, qu'est-ce que vous avez comme voiture ?

— Pour faire quoi ?

— De la surveillance, poursuite, embuscades, protection ….. ou encore emmener une fille faire un petit tour à Brighton ?

— Tiens, celle-là, dit-il en désignant une puissante voiture de sport rouge.

— Elle a servi à la brigade des stups. Elle est en réparation pour la carrosserie.

— Eh bien, je la prends ! dit Dempsey.

— Hé, attention ! Ce n'est pas une « *dany* » ça, dit-il.

— C'est quoi ? demande Dempsey.

— Véhicule de police banalisé, mais celui-ci, ce n'est pas un véhicule de police du tout.

— C'est ce qu'il me faut ! Y'a pas besoin d'autorisation dans ce cas-là ! dit-il en se glissant dans le véhicule.

Le mécanicien le regarde et comprend qu'il s'est fait berner…..

Dempsey démarre la puissante voiture et quitte le sous-sol.

Presley donne un cours dans la salle de judo tandis qu'Harriet entre.

— Continuez, dit-il aux participants.

Il s'approche d'Harriet.

— Mais oui, c'est notre chevalière à la blonde armure ! dit-il.

— Vous auriez dû utiliser vos talents, lui dit-elle.

— Un 44 magnum est dix fois plus efficace, lui répond-t-il.

— Où est Jack ?

— A côté, dit-il en faisant un signe de la tête.

Harriet se dirige vers la pièce.

— Non, on a besoin d'un chauffeur qui ait un peu d'intelligence ! dit Marocco Jack. Pas comme cet autre abruti qui s'est fait coincé en s'enfuyant dans la porte d'un tambour du Claridge !

— Jack, c'est la fille qui était sur le bateau hier, dit Presley en entrant dans la pièce avec Harriet Makepeace derrière lui.

— Mademoiselle Debbie Smith ! Quelle bonne surprise ! dit-il en se levant pour la saluer.

— Bonjour Monsieur Cade, lui dit-elle en lui serrant la main. Tom, m'a recommandé à vous.

— Mais, il est inutile que l'on vous recommande à moi. Ne vous dois-je pas d'être en vie ?

— A vrai dire, l'arme est partie toute seule, un coup de chance, lui dit-elle tout sourire.

— J'ai une idée. Je vous invite à déjeuner à « *L'Ange Rouge* », d'accord ? dit-il en enfilant un blouson.

— Jack, tu sais que tu es dans leur collimateur ! dit l'un des membres de son équipe.

— Et après ? Quand ils verront Debbie Smith auprès de moi, ils ne s'y risqueront pas ! dit-il en posant son bras autour des épaules d'Harriet. Vous avez votre arme ? dit-il en regardant la jeune femme.

Elle sourit à ses propos.

Dans les bureaux de Scotland Yard,

— Eh bien, qu'est-ce que vous voyez, hein ? dit l'officier à Spikings tandis que les deux hommes regardent par la fenêtre du bureau.

— Une cité livrée à des bandes de truands, dit Spikings.

— Dont l'un au moins est un voleur de voiture !

— Je ne vous suis pas du tout, lui répond Spikings.

— Je dis que l'un deux est un voleur de voiture !

— Il y en a sûrement plus d'un ….

— Oui, bien sûr, mais je veux dire d'une voiture pas comme les autres.

— Est-ce qu'on vous aurait volé la vôtre ?

— C'est une Camaro Rouge, propriété d'un certain Luigi Ferraro !

— Ce n'est pas vrai, il fait dans la drogue. Les stups lui ont désossé sa voiture et remise en état. Comme dans « *French Connection* » ! dit Spikings en regardant la rue à travers le store vénitien.

Spikings se retourne et regarde l'officier.

— Est-ce que vous allez au cinéma, Monsieur ?

— Votre Lieutenant Dempsey est parti avec !

— Hum ….

— Nous en avons discuté avec le grand patron, dit l'homme en s'asseyant dans le fauteuil derrière son bureau. Et, nous avons conclu sur la base de notre entretien d'hier que ….

— Je ne me déferais pas de Dempsey ! l'interrompt Spikings.

— Nous avons conclu que cela pourrait vous fournir

une occasion inespérée de vous débarrasser de cet encombrant personnage en le renvoyant d'où il vient !

— C'est un TRES BON DETECTIVE ! lui répond Spikings.

— Tout comme vous et moi avant que je ne reprenne le commandement du service. Spikings, le MI6 s'est fait des ennemis !

— Vous savez que c'est le cas de tout nouveau département et que le jeu en vaut la chandelle.

— Mais, votre brigade se moque ouvertement des règlements et autres conventions qui sont l'épine dorsale de notre maison depuis cinquante ans !

— Il faut peut-être les moderniser…

— Des plaintes sur votre Dempsey arrivent de partout ! Et aussi sur le Sergent Winfield !

— Je n'ai pas l'intention de les séparer, ils font une équipe irremplaçable !

— Je suis désolé, ils vous font courir de très grands risques !

— Si nos services doit être sacrifiés, nous nous saborderons tous ensemble ! lui répond Spikings.

Marocco Jack et Debbie Smith (*Harriet Makepeace*) sont installés à une table dans un restaurant dont la vue s'étend sur le pont de Londres.

— Et, si on jouait franc jeu, lui dit-il.

— Que voulez-vous dire ?

— Où vous êtes-vous fait la main pour être si habile au maniement des armes ?

— Je n'aime pas parler de ça…

— Eh bien, forcez-vous ! lui dit-il. Les garçons ont tendance à être méfiants et à croire que vous pourriez être un flic.

— Vous connaissez Rio ?

— Rio de Janeiro, oui bien sûr.

— Eh bien, à 16 ans, mon père m'a mise en pension dans un couvent.

— Un couvent ? dit-il amusé. Il vous en reste quelque chose et c'est pourquoi, j'ai confiance en vous.

— Je me suis enfuie avec un soldat.

— Vous plaisantez !

— Pour Rio et il m'a laissé tomber enceinte. Et, j'ai trouvé une place de serveuse dans un bar du port. Inutile je crois de vous faire un dessin.

— Et là, vous avez appris à vous débrouiller seule ?

— Et puis, j'ai trouvé sur ma route, celui qui m'a sauvé. Devinez qui ? Marco O'Hara ! Le trafiquant d'armes. Il m'a appris à tirer et je n'avais pas vingt ans que je pouvais tuer un coq de bruyère à cinquante mètres, lui dit-elle.

— Vous ne pouvez pas être flic !

— Pourquoi ?

— Parce qu'un flic, même complètement idiot, ne mentirait pas aussi mal que vous, lui dit-il.

Ils se mettent à rire tous les deux.

Dempsey joue les touristes sur les berges de la Tamise. Muni d'un appareil photo, il prend des clichés ici et là. Harriet Winfield s'avance vers lui.

— Allez-y, la voie est libre, lui dit-il.

— *Marocco Jack* projette de se faire une place au soleil, mais il ne dit pas comment, lui dit-elle.

— Bah voyons…

— Mais, il cherche toujours un chauffeur.

— On a mis Interpol dans le coup, pour répandre le bruit qu'un spécialiste américain est à Londres. Un type capable, un artiste, un as du volant. A vous de faire circuler la nouvelle dans le milieu.

— Oui, seulement le temps presse. Et, si Jack trouvait quelqu'un d'autre ?

— Alors, à moi de me débrouiller pour lui donner l'inspiration, lui répond Dempsey.

— Que voulez-vous dire ?

— Lui forcer la main en quelque sorte, mais d'une façon discrète.

— Discrète ? répète-t-elle en le regardant.

— Bah, vous me connaissez ! lui dit-il.

Une voiture puissante fonce dans les rues de Londres, le véhicule prend un virage serré et fait crisser ses pneus. Elle est poursuivie par deux voitures de police qui l'ont prise en chasse toute sirène hurlante. Dempsey est au volant et il accélère brutalement. Il s'engage dans une petite rue étroite et heurte un panneau de signalisation.

— Ca, ce sont les Arcades de Dorchester, dit Marocco Jack en montrant des photos à son équipe. Et là, il y a deux bijouteries, ici et ici, dit-il en montrant le positionnement des deux boutiques. Elles ont un stock de pierres de très grande valeur, des centaines de milliers d'étoiles !

— Tu les a fait expertiser ? lui dit l'un de ses hommes.

— Oui, en effet Mickey, c'est fait.

— Et comment est-ce qu'on va braquer les deux en gardant une chance de prendre la fuite ? lui demande Presley.

— Ce qui manque pour l'instant, mon garçon, dit-il

en posant ses mains sur les épaules de Presley. Et, comme je le disais encore hier avant la séance de rodéo, c'est un bon chauffeur, lui répond Jack. Mieux même qu'un bon chauffeur, un artiste…

Ils entendent les sirènes des voitures de police et le bruit d'une voiture rapide dehors dans la rue. En effet, juste sous leurs fenêtres, Dempsey fait son show. Il freine en urgence tandis qu'une voiture de police lui barre la route, puis il fait un demi-tour en faisant crisser ses pneus et repart. Une autre voiture de police lui barre la route en face de lui. Il accélère et monte sur le trottoir tout en évitant de faire un tomber un échafaudage ! Mais, la voiture de police qui le suit ne peut l'éviter et doit stopper sa poursuite, son capot avant étant en accordéon !

— C'est un artiste ! dit Jack à Mickey qui est à côté de lui.

La voiture de Dempsey apparait venant d'une ruelle, il avance au ralenti. Il s'arrête avant de s'engager dans la rue principale et fait rugir son moteur. A 700 mètres, deux voitures de police émergent au ralenti de deux rues en face l'une de l'autre, elles font un étrange ballet de demi-cercle et se positionnent toutes deux face à la voiture de Dempsey. Les deux voitures de polices allument leurs phares, leur gyrophares bleu clignotant. De son côté,

Dempsey est calme, il les fixe et enclenche sa vitesse et lance sa voiture plein gaz ! Les deux voitures de police se lancent à leur tour en même temps côte à côte. Dempsey accélère, le pied à fond sur la pédale. Au dernier moment, les deux voitures de police s'écartent, l'une sur sa gauche, l'autre sur sa droite pour éviter un choc frontal.

Dans les locaux du MI6.

— De la cocaïne, dit Spikings. Les chocs infligés à la voiture de Ferraro ont fait tomber les paquets de leur cachette.

— Un coup de chance, lui répond Chase.

— Savez-vous si ceux qui l'ont pris en chasse sont au courant ?

— Non, il faut que ça fasse vrai Chef, dit Chase en suivant le parcours de Dempsey dans les rues.

— Alors, j'espère qu'il va leur échapper, dit Spikings en regardant Chase.

— Dempsey est un vicieux, il va s'en tirer.

L'officier sort du bureau de Spikings, les deux hommes se regardent.

« Avis à toutes les voitures de patrouille, l'homme est probablement armé et très dangereux. Prenez toutes les précautions », entend-t-on à la radio de la police.

La voiture de Dempsey est positionnée sur le bord d'un terrain vague, une voiture de police arrive loin derrière lui et s'arrête, puis elle s'avance lentement. Après quelques secondes, le véhicule accélère toute sirène hurlante. Dans sa voiture, Dempsey enclenche sa vitesse et accélère à fond. La voiture démarre dans un nuage de poussière. Sa voiture s'écarte tandis que le véhicule de police qui arrive à pleine vitesse ne peut éviter la fosse béante que cachait la voiture de Dempsey et tombe dedans. La voiture perd deux portières et se désintègre en partie.

Dempsey rejoint une des rues du quartier, il marche rapidement en regardant derrière lui.

— Le nez au mur ! crie Presley en barrant la route à Dempsey.

Avec l'aide de Mickey, il le plaque contre un mur et le fouille. Puis, ils l'attrapent et le force à monter dans une petite camionnette.

— Qu'est-ce que ça veut dire ? s'écrie Dempsey.

Le véhicule démarre à toute vitesse.

Dempsey et assis sur une chaise dans les locaux de la bande de Marocco Jack qui ouvre une canette de bière et la pose devant Dempsey.

— Je vous répète Inspecteur, que vous n'avez pas le droit ! lui dit Dempsey qui s'est levé de sa chaise.

— Et moi, je vous répète qu'on est pas de la police, lui dit Jack. On prépare un projet, un casse.

— Et, pourquoi vous me dites ça !

— Parce qu'il parait qu'un yankee est arrivé à Londres, un type habile, un vrai champion du volant, dit Presley.

— C'est vous qui étiez le chauffeur de Luigi Ferraro, le trafiquant de drogue, lui dit Jack.

— Ferraro est en taule !

— Et vous, qui êtes-vous ? lui demande Presley.

— Et vous ? lui demande Dempsey.

— Moi, je suis Marocco Jack.

— Le bruit court que votre équipe est indésirable à Londres ! Le bruit court également que vous êtes sur la liste d'attente à la rubrique « *mortuaire* ». J'aurais préféré tomber sur des flics ! lui répond Dempsey.

Jack s'avance vers lui.

— Il vous a demandé votre nom, lui dit-il calmement.

— Ray, ou Starmer, Scholtz....des prénoms ? Tom, Romuald. Faites votre choix !

— Entendu, lui dit Jack tout sourire. Nous ferons notre choix.

Dempsey marque un temps d'arrêt et retire ses lunettes de soleil.

— Ce casse, c'est quoi ? demande Dempsey.

— Deux millions en bijoux, lui répond Jack.

— Et, où est-ce qu'ils sont ?

— Chez deux joailliers sous les Arcades de Dorchester.

— Et on a que deux minutes et quarante secondes pour faire le coup, dit Presley.

— C'est où ces Arcades ?

— En plein centre.

— Je veux le tiers.

— 10%, lui dit Jack.

— Vous rigolez !

— En affaires, on ne rigole jamais, lui répond Presley.

— J'm'appelle, Dany.

Dans le bureau de Spikings.

— Et non content d'avoir volé un véhicule placé sous notre garde, le yankee l'endommage au risque d'entrainer la mort de six officiers de police et de nombreux citoyens sur la voie publique !

— Sauf votre respect Monsieur, Dempsey opérait

selon mes instructions.

— Qui étaient de faire du sud de Londres, une piste pour stop cars !

— Toutes les voitures engagées étaient prévenues, Monsieur.

— Et, sur les ordres de qui, Monsieur le Chef Superintendant ? Sur les ordres de qui pouvez-vous me le préciser ?

— Les miens, Monsieur.

— Vous voyez, c'est exactement le genre de plainte que je reçois contre vous. Et, dans quel but avoir donné ces ordres ?

— Deux de mes collaborateurs se sont infiltrés dans une nouvelle bande de truands qui projettent une action très spectaculaire …

— Un simple projet ?

— Pas seulement ! Parce que grâce à Dempsey, la Brigade des Stupéfiants a trouvé quatre kilos de cocaïne qu'elle cherchait vainement depuis des semaines ! Et qui représente une valeur…

— Merci ! l'interrompt l'officier. Mais, j'ai bien peur qu'il en faille plus que cela pour éviter que votre tête ne soit posée sur le billot.

Un Agent de Police patrouille près des Arcades de Dorchester. Dempsey marche en compagnie de Marocco Jack et de Presley.

— La première, c'est moi et Presley qui ferons le coup.

— Y'a un système d'alarme, deux vendeurs jeunes et musclés. Il faudra aller vite, dit Presley.

— Au besoin, on pourra improviser, dit Jack.

— Et, où est la deuxième ? demande Dempsey.

— Au fond de la galerie, lui répond Jack. Huit cent mille livres sterling qui vous narguent dès l'entrée.

Les trois hommes s'arrêtent et contemplent les bijoux.

— C'est blindé en tôle de trois millimètres, dit Dempsey à Presley après avoir regardé la porte. Et, c'est une porte automatique.

— C'est là que vous intervenez. Vous foncez dedans avec la voiture et Mickey se charge du reste, lui répond Presley.

— Alors, ça vous va ? lui demande Jack. C'est vous le chauffeur ! D'accord ?

— Excusez-moi, un instant ! dit Dempsey en s'approchant d'une jeune femme. Vous voulez bien tenir ça ? dit-il en lui remettant le bout d'un mètre à mesurer.

Parfait !

Il range son mètre qu'il remet dans la poche de son blouson.

— Ca laisse une petite marge, dit-il.

— Et alors ? lui dit Jack.

— C'est pas large ! lui répond Dempsey.

— Question d'adresse, lui lance Presley.

— J'ai presqu'envie de vous laisser la mienne, d'adresse ! lui dit Dempsey.

Les trois hommes quittent les arcades.

Dempsey rejoint toute la bande dans un restaurant de la ville, il porte un smoking, un pantalon noir et une veste blanche.

— Ellen, dit Jack à sa femme. Tu connais Mickey et cet élégant américain s'appelle Dany.

— Ravie Monsieur, lui dit-elle.

— Enchanté, lui répond Dempsey.

— Et, voici Mademoiselle Debbie Smith, dit Jack qui continue les présentations.

— Dany Sallapuccio, lui dit Dempsey en la regardant tout sourire.

— Elle nous a sauvé la vie, l'autre jour, dit Jack.

— Sauvé la vôtre Jack, un coup de chance, dit-elle.

Ils prennent place à table, les femmes étant en tenue de cocktail.

— Salut Mick ! dit Dempsey.

— Et, vous êtes américain ? lui demande Harriet qui assise en face de lui.

— Exact, de New-York ! lui répond Dempsey. On dit que quand on y survit, on est sûr de pouvoir survivre n'importe où.

— Vous vous regardez comme si vous étiez des amis d'enfance ! leur dit Jack.

— C'est le coup de foudre, souviens-toi Jack, lui dit Ellen sa femme.

— Il faut souvent se méfier de la première impression, dit Jack.

— Ce qui peut-être dangereux, Debbie, c'est un chauffard, lui dit Mickey. Et, vous savez ce que cela veut dire ?

— Non Mickey, expliquez-moi.

— Ca veut dire qu'un chauffard traite les femmes comme il traite ses voitures.

— Est-ce vrai, Monsieur Sapoulacio ? lui demande Harriet.

— Sallapuccio, lui dit Dempsey. Non, je ne crois pas. Je n'ai pas massacré suffisamment de voitures pour établir la comparaison.

Toute la tablée se met à rire.

— Gaston, qu'est-ce qu'il y a ce soir ? demande Jack au maitre d'hôtel.

— J'ai du boudin noir en compote, suivi par un coq au vin.

— Parfait ! lui répond Jack.

— Vous aimez la cuisine française ? demande Dempsey à Harriet.

Ils se regardent mutuellement.

— Pas seulement la cuisine ! dit Jack en les regardant.

L'ambiance est détendue. Depuis leur table à l'étage, Dempsey aperçoit un homme cagoulé derrière la porte vitrée de la cuisine.

— Vous êtes armé ? demande-t-il à Jack.

— Oui.

— Donnez-moi votre arme, lui dit Dempsey.

— Donne-lui ton arme Mickey, lui dit Jack.

— Pas question !

— Fait ce que je te dis.

— Tout de même Jack, on le connait à peine !

— Qu'est-ce qu'il y a ? lui demande Jack.

— Je ne sais pas, je vais aller voir.

Dempsey se lève de la table, le revolver près de sa jambe. Il s'apprête à descendre les marches quand des hommes cagoulés et armés font irruption dans la salle et font feu. Dempsey tire et abat l'un des hommes sous les hurlements des convives. Mickey renverse leur table pour leur assurer une protection tandis que résonne les mitraillettes.

Les hommes de Jack vident leurs chargeurs en direction des agresseurs tandis que Dempsey n'est pas en reste. Une grenade est lancée et elle atterrit près d'Harriet. Elle la saisit et la relance. L'explosion fait voler en éclats une partie de la cuisine.

Dempsey remonte à l'étage et saisit Harriet par la main, Jack et son équipe quittent également les lieux.

Le jour s'est levé, dans un appartement Dempsey se frotte les yeux, il a dormi dans le canapé lit du salon.

— Bonjour, dit-il.

— Bonjour, lui répond Jack en entrant dans le salon tout en continuant de boucler la ceinture de son pantalon. Ecoutez Dany, je vous dois un grand merci pour hier soir.

— Oh, ça fait partie du service, lui répond Dempsey. Et votre femme ?

— Ellen, elle va bien.

— Je peux utiliser le téléphone ?

— Demandez à Debbie, lui répond Dempsey.

Harriet arrive vers eux en tenant deux tasses de café à la main. Elle porte sur elle, la chemise blanche de Dempsey.

— Bien sûr, il est là, lui dit-elle.

Elle tend une tasse de café à Dempsey et s'assoit près de lui.

— Vous avez été épatante au restaurant hier soir, lui dit-il.

— C'est bizarre, pas un seul instant je n'ai eu peur.

— Je sais ce que c'est, dit-il en remettant une mèche des cheveux d'Harriet. Il arrive parfois qu'on tienne le coup et qu'à un autre moment...

Jack fait irruption dans le salon.

— Les autres nous attendent à la salle de judo, dit-il. C'est pour aujourd'hui !

— Vous aviez dit Vendredi ! lui répond Dempsey.

— J'ai besoin d'argent. Si cette bande de crétins veulent la guerre, j'aurais besoin de me renforcer !

— Jack, pourquoi ne pas rentrer en France avec Ellen et ouvrir un restaurant ou un club ? lui dit Harriet.

Ellen arrive près de son mari, Jack.

— Je ne suis pas fait pour les affaires, je suis un

gangster ! lui répond Jack.

— Vous en êtes sûr ? lui dit Harriet.

— C'est les femmes, ça, dit Dempsey tandis que Jack regarde Ellen, sa femme.

Un taxi s'arrête devant les locaux. Jack en descend, il est suivi d'Ellen, de Presley et de Dempsey.

— Chauffeur, dit Dempsey au Taxi. Emmenez la dame où elle vous dira, dit-il en glissant un billet au chauffeur qui n'est autre que Spikings.

— A votre service, répond Spikings qui porte une veste en velours foncé et une casquette sur la tête.

La voiture redémarre.

— Je vous emmène où Mademoiselle ? dit Spikings en tournant la tête vers l'arrière de la voiture.

— J'ai eu très peur à un moment, d'avoir affaire à un vrai taxi, lui répond-t-elle en ouvrant la vitre arrière qui sépare le conducteur de ses passagers.

— Où est-ce que vous en êtes ?

— Ils vont s'attaquer aux Arcades de Dorchester cet après-midi à seize heures. Dempsey veut que l'on se réunisse dans trois quart d'heures.

— Vous avez joué quel rôle dans la fusillade d'hier soir ? lui demande-t-il.

— Je vous laisse deviner …

— Nous avons reçu une plainte.

— Une seulement ? dit-elle.

Spikings se retourne et la regarde.

Dans les locaux de Jack, Dempsey s'exerce avec une petite voiture de garçonnet à se faufiler dans ce qui représente la rue étroite des Arcades.

— On va attaquer les Arcades comme prévu, dit Jack en entrant dans la pièce et en terminant de nouer son foulard de commando autour du cou. Dany se charge de voler une voiture, vous voulez un coup de main ?

— Non, je travaille toujours seul, lui répond Dempsey en buvant une gorgée de café.

— J'ai caché nos armes dans une péniche qui est amarrée au quai Jackson, il y a un garage à côté. Vu ?

— Pas de problème, lui répond Dempsey.

— Bon, alors allez-y, lui dit-il.

Dempsey se lève de sa chaise.

— On se retrouve tous sur le quai Jackson, Dany ?

— Vers 13h30/14heures, répond Dempsey.

— J'aimerais qu'on ne le quitte pas de l'œil ! dit Presley.

— Ce n'est pas la peine, j'ai toujours été bon juge en

homme, dit Jack.

Dempsey met ses lunettes de soleil, il les regarde et quitte la pièce.

— On m'accusera pas d'avoir prévenu ! dit Presley désabusé.

Spikings est toujours en tenue de chauffeur de taxi, il est adossé à un pilier d'une embarcation flottante sur les quais, il tient un journal à la main. Harriet Winfield et Dempsey sont près de lui et boivent un café.

— Résumons-nous, dit Spikings. Marocco Jack va faire défoncer la vitrine d'un bijoutier des Arcades de Dorchester pendant que des complices en braqueront une seconde. Il prendra la fuite à bord d'une voiture blindée avec deux millions de livres sterling de bijoux et de pierres précieuses.

— Oui, c'est ça, dans les grandes lignes, répond Dempsey.

— Ca va être l'affaire de l'année, dit Spikings rêveur.

— Disons, celle du mois, Chef. Il ne faut pas exagérer, dit Harriet.

— Ca va être sensationnel ! dit Spikings tout sourire.

— Sensationnel ? Qu'est-ce qu'il lui prend ? dit Dempsey. Il risque d'y avoir de nombreuses victimes !

— Non, non. On va mettre tout le monde sur le coup

et sortir les grands moyens. Des hommes armés dans toutes les boutiques, bloquer tout le quartier avec des voitures et au besoin, utiliser des lances à incendie pour les maitriser. Euh non, ça pourrait endommager les boutiques. Des gaz !

Dempsey n'en revient pas de tout l'attirail que Spikings veut déployer tandis qu'Harriet regarde Spikings d'un air inquiet.

— Vous vous sentez bien Chef ? lui demande-t-elle.

— Sergent Winfield, dites-vous bien que ce qui va se passer ne peut que me réjouir le cœur. Que le ciel soit loué, il y a vraiment un dieu et il est pour nous.

Harriet et Dempsey se regardent, ils n'y comprennent rien. Ils se font un signe de bien entendu.

— Quel coup fumant ! rajoute Spikings qui fait lever les yeux au ciel de Dempsey.

— Chef, dit Dempsey en s'approchant de lui. Le dénommé Cade Marocco Jack, il est pas….il est pas bien dangereux. Bien sûr, il a fait quelques années de prison en France, mais il n'est plus vraiment dans le coup.

— Et, qu'est-ce que vous suggérez, Lieutenant ? lui demande Spikings.

— Ce que Dempsey suggère Monsieur, dit Harriet. C'est de passer directement à l'action sur le quai Jackson avec leurs armes et leur matériel, on peut les arrêter en flagrant délit !

— Oui, elle a raison, Chef, dit Dempsey. Je veux dire, pourquoi vouloir faire tout ce spectacle, parce que …

— Mon garçon, parce que une personne que je ne veux pas nommer cherche à liquider le service et il nous fallait une affaire comme celle-là pour le remettre à sa place !

— Il nous fallait ? dit Harriet.

— D'accord Sergent. Il ME fallait. Je fais appel à votre loyauté.

Il regarde sa montre.

— Mais, vous n'êtes pas forcé de me croire ! leur dit-il.

Il pose son journal et s'en va.

— Euh, Chef ! crie Dempsey. Et la bagnole !

— Faites votre choix ! lui crie Spikings.

— Ah bah, si j'ai le choix …. J'vais en voler une ! dit-il.

Mickey a terminé de fixer des barres de protection devant la voiture pour en faire une voiture « *bélier* ».

— Ca Mickey, c'est du beau travail, du grand art ! lui

dit Dempsey. Y'a qu'a donner un coup de peinture et ce sera bon !

Jack arrive vers eux et dépose sur le capot avant de la voiture une bâche qu'il ouvre. Dempsey n'en croit pas ses yeux, devant lui s'étale un véritable arsenal !

— On a quatre heures devant nous et on est dans les temps, dit Jack.

— Avec ça, on peut y aller ! dit Dempsey en retirant la bâche de protection de la voiture.

— Oui, un vrai char d'assaut, lui dit Mickey.

— C'est du sérieux, pas de la quincaillerie ? dit Presley à Jack qui manipule les armes.

— Vas-y, lui dit Jack en lui remettant une des armes.

— Alors Dany, dit Jack. Parez ?

— Un petit instant ! dit Presley en pointant son arme vers Jack.

Mickey arrive derrière Dempsey et pointe son arme sur sa nuque.

— Un conseil, Jack Cade ! Ne fait pas un geste ! Et toi, dit-il en regardant Dempsey. T'es avec nous ou avec lui !

— Y'a 10% pour moi à la clé, désolé Jack ! dit Dempsey.

— Allons-y, Jack ! En route ! dit Presley.

— Bande de salopards ! leur dit Jack.

Le long des quais, sur le banc de graviers, Jack est assis par terre entre deux bateaux. Il est enchainé et a les mains et poings liés.

— Tu as pourtant été prévenu, Jack ! Quand on est resté à l'ombre, on a plus sa place au soleil ! lui dit Presley.

— Et puis, on a pensé qu'à force d'avoir suivi un régime que tu apprécierais de l'avoir un peu arrosé ! lui lance Mickey.

— Et oui, à 3h07 minutes, tu vas faire des bulles, lui dit Presley.

— Ah c'est marrant, j'ai vu ça une fois au cinéma, dit Dempsey. La marée montait, les crabes suivaient et bouffaient les orteils.

— Hé ! Donnez ma part à Ellen, leur dit Jack.

— Complètement dépassé, ce mec ! dit Presley.

Jack les regarde partir, puis il tourne la tête vers la Tamise et regarde la montée des eaux.

Dempsey est assis derrière la volant de la voiture, Presley et Mickey sont assis à l'arrière.

— C'est vraiment indispensable ? dit Dempsey qui a un revolver sur la nuque.

— Sécurité d'abord ! lui répond Presley. Quand on sera aux Arcades, tu feras ton boulot. Et après, si tu as été sage, on verra !

— Ce n'est pas l'heure ! Qu'est-ce qu'on fait en attendant, un poker ?

— Y'a du changement dans l'horaire, on y va maintenant ! dit Presley.

Spikings et Harriet Winfield font leurs repérages aux Arcades.

— Une quarantaine d'agents dans cinq cars à deux cents mètres. J'en mettrais trois ici, deux à chaque sorties avec fusils. J'en veux cinq dans chaque boutiques visées, avec des pistolets et des fusils à pompe.

— Avec tout ça, leur compte est bon, dit Harriet.

— Oui, et quand la Jaguar entrera sous les Arcades, on les laisse attaquer le premier objectif et on bloquera les deux entrées avec des camions.

— Mot de code ? lui demande Harriet.

Spikings entend des crissements de pneus.

— Oh, bon dieu ! s'écrie-t-il.

— Vous dites ? lui dit Harriet.

Spikings sort son arme tandis qu'il voit arriver la Jaguar conduite par Dempsey. Spikings et Harriet se positionnent et font feu sur la voiture.

— Fonce ! hurle Presley à Dempsey. C'est Debbie ! Sale petite garce ! Vas-y, fonce bon dieu ! hurle Presley.

Harriet et Spikings s'écartent pour éviter la voiture. Dempsey braque à fond et entre de force dans la boutique du fleuriste. Puis, il recule tandis que Spikings et Harriet font à nouveau feu sur la voiture. Dempsey accélère en entre de force dans la boutique.

Presley sort du véhicule et tire avec sa mitraillette. Puis, c'est au tour de Mickey d'en faire autant. Harriet réussi à abattre Presley et Spikings abat Mickey.

Harriet reprend son souffle, quand elle entend des bruits de pas sur les bris de glace, elle regarde Spikings. Dempsey apparait, il fait quelques pas et jette une fleur sur le corps de Presley étendu au sol, mort.

— Paix à son âme, dit-il.

Sur le quai Jackson, l'eau est montée et Jack a tout juste encore la tête hors de l'eau. Dempsey et Harriet rejoignent le quai à toute vitesse sur une moto de la police. Jack les voit arriver. Dempsey s'empresse de donner son blouson à Harriet et descend dans l'eau.

— Passez-moi votre arme ? hurle-t-il à Harriet.

Elle lui lance son revolver.

— Tournez la tête de l'autre côté, je vais essayer de faire sauter le cadenas, dit Dempsey à Jack.

Il plonge l'arme sous l'eau et tire, puis il libère Jack.

— J'étais sûr que vous arriveriez à temps ! lui dit Jack tout sourire.

— Oui, enfin pas vraiment, lui répond Dempsey.

Puis Dempsey regarde en direction d'Harriet qui sort sa carte de police.

— Des flics, dit Jack. Trop droit pour de vrais truands, leur dit-il.

— Voua aussi Jack, lui dit Dempsey.

Spikings arrive en voiture sur le quai Jackson. Avec deux de ses hommes, ils se précipitent et voient arriver Dempsey, Harriet et Jack.

— Tiens, Marocco Jack ! dit-il. Permettez-moi de vous inviter aux frais de la princesse.

— Je n'en demande pas tant, dit Jack tandis que Spikings l'attrape par le col de sa veste de militaire.

— Frais de la princesse, qu'est-ce que ça veut dire ? demande Dempsey.

— Ca veut dire, qu'il en a pour des années. Je vous enverrai un bon avocat ! crie-t-elle en direction de Jack.

— Vous êtes formidable Debbie ! lui crie Jack.

— Mon vrai nom, c'est Harriet ! lui crie-t-elle.

— Je vous souhaite quand même bonne chance à tous les deux ! leur crie Jack.

— Et maintenant, Debbie Smith ? dit Dempsey.

— Quoi, Dany Saloupocio.

— Sallapuccio ! lui dit-il. J'ai froid et je suis mouillé.

— Ca se voit à l'œil nu.

— Et j'aimerais pouvoir me réchauffer.

— Je n'en doute pas une seconde.

— Si vous avez encore cet appartement, on pourrait finir ce que l'on avait commencé.

— Nous n'avons rien commencé, que je sache …

— Ah bon, je croyais ? dit-il tout sourire.

Ils éclatent de rire.

FIN

MISSION CASSE-COU – SAISON 2 – EPISODES 1 à 5 - TOME 3

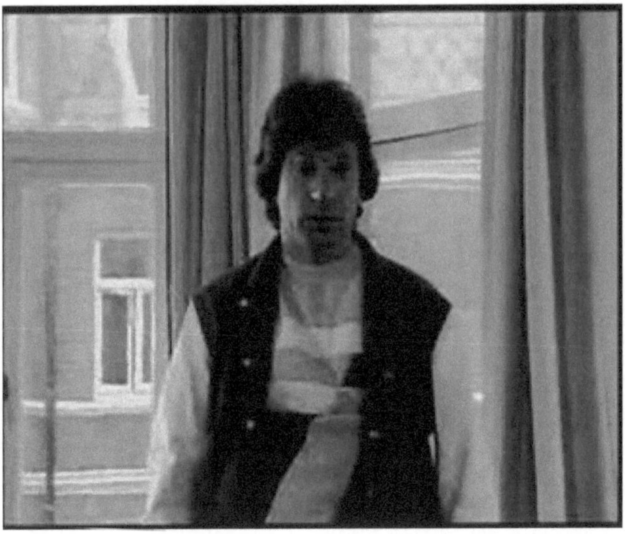

Saison 2 – Episode 3 : « Amour à mort »

Résumé : « *Au matin Dempsey est en retard et sa voiture refuse de démarrer. Il va prendre le bus. Il est visé avec une carabine. Il échappe au tir, mais un homme qui est là reçoit la balle en pleine tête. La femme de la victime ne lui connaît pas d'ennemi. Alors qu'il est de retour au bureau parle de l'enquête avec Harriet et Spikings, Dempsey reçoit un coup de téléphone. C'est une femme qui lui annonce que ça aurait pu être lui la victime et qu'il est condamné. Dempsey recherche avec Harriet qui peut être cette femme qui lui en veut....* »

Le téléphone sonne dans l'appartement de James Dempsey qui dort à poings fermés.

— Allo …., dit-il d'une voix endormie. Quelle heure vous dites ? dit-il tout en se redressant.

Il regarde l'heure affichée au réveil posé sur sa table de nuit.

— Oh, j'arrive, j'arrive tout de suite, je ne me suis

pas réveillé.

Dempsey sort de son immeuble, il rejoint sa voiture un cabriolet Mercedes blanc garé dans la rue. Il s'installe derrière et met le contact, mais la voiture refuse de démarrer. Il sort du véhicule et cherche un taxi.

— Hé ! Taxi ! dit-il en voyant un cab noire rouler dans la rue.

Mais la voiture ne s'arrête pas et Dempsey met un coup de pied dans l'un des pneus de rage. Il rejoint un groupe de quelques personnes qui attendent un bus. Tandis qu'il attend, une longue vue cible son visage. Au moment où la détonation retentit, la personne située à côté de Dempsey fait tomber son journal sur le sol, il se baisse pour le lui ramasser ce qui lui sauve la vie. Mais, l'homme situé derrière Dempsey n'a pas cette chance, il reçoit la balle au milieu de front et s'écroule sur le sol, il été tué sur le coup.

— Baissez-vous ! Baissez-vous ! Police, couchez-vous ! hurle Dempsey aux autres personnes.

Tandis que le groupe de personnes hurle de frayeur, Dempsey tenant son arme au poing scrute du regard les environs.

Les policiers sont sur place et les ambulanciers

évacue sur une civière, l'homme qui a été abattu. Harriet Winfield, dite Makepeace, est en grande discussion avec trois policiers en uniforme. Elle tourne la tête et voit Dempsey adossé à une voiture allumer une cigarette. Elle passe sous les rubans fluorescents de protection de la zone et le rejoint.

— C'est terminé pour moi ? lui demande Dempsey.

Elle lui fait « *oui* » de la tête.

— La journée a bien démarré, dit-elle.

— Oui, les affaires ne se présentent pas trop mal, lui répond-t-il.

— Vous n'avez rien vu ?

— Seulement un type tomber à la renverse, lui dit-il en la regardant par-dessus ses ray-bans.

— Combien de coups de feu ?

— Un seul a suffi. On connait la victime ? lui demande-t-il.

— Theo Barrett, âge trente-huit ans, marié, deux enfants. Est-ce qu'on prévient sa femme ? Je devrais dire … sa veuve.

— Oui, je vais d'abord aller changer de chemise, lui répond Dempsey en redressant ses lunettes de soleil sur son nez.

Harriet le regarde s'éloigner.

La voiture d'Harriet Winfield se gare devant le domicile de la victime, Theo Barrett.

— Il est mort sur le coup, Madame, dit Dempsey à la veuve de Theo Barrett en lui apportant un verre d'eau.

— Il n'a pas souffert ? lui demande-t-elle les yeux plein de larmes.

— Non, il n'en a pas eu le temps.

— Vous étiez là ?

— Oui, juste à côté de lui. Aussi près que je le suis de vous.

— Pourquoi, pourquoi justement lui et pas vous ? dit-elle en fondant en larmes.

Dempsey regarde Harriet Winfield.

— C'est justement ce que l'on voudrait savoir, lui dit Harriet d'une voix douce.

— Jeudi dernier, c'était notre anniversaire. Theo m'a offert un déshabillé, il était deux tailles trop petit. Douze ans de mariage et deux enfants, il croyait que j'étais restée la même.

Harriet l'écoute tandis que Dempsey regarde dehors par la fenêtre du salon.

— Est-ce qu'il avait des ennemis ? lui demande Harriet.

— Vous voulez dire, des personnes qui voudraient le

tuer ? Mais, c'est impossible ! J'ai jamais connu d'ennemis à mon mari, jamais !

Dempsey s'accroupit près de la femme de Theo Barrett.

— Est-ce qu'il recevait des coups de téléphone ou des lettres qui le troublait ?

Elle fait « *non* » de la tête.

— Il avait des soucis d'affaires ou d'une autre nature ?

Elle fait « *non* » de la tête.

— Vous voyez ces fleurs….., dit-elle

Dempsey regarde les fleurs disposées dans un vase sur le meuble avec des photos de leur petite famille.

— C'est lui qui les a mises dans le vase avant de conduire les enfants à l'école.

Harriet la regarde, puis elle regarde Dempsey.

Dans les locaux du MI6.

— La balle retrouvée dans le mur et la douille retrouvée sur le toit sont du même calibre. Sept millimètre, marque Parker, étui métallique, balle chemisée de cuivre, pointe molle, rayures à droite, poids approximatif dix-neuf grammes seize, dit Spikings tandis que lui, Dempsey et Harriet marchent dans le couloir.

— Arme à viseur télescopique ? demande Dempsey.

— Probablement, répond Spikings.

— Joli coup quand même, lui dit Dempsey.

— Oui.

— Et aucun message de revendication ?

— Pourquoi y en aurait-il ? dit Spikings tandis qu'ils entrent dans le bureau principal.

— Dempsey croit que c'est un cinglé, dit Harriet en retirant son blouson molletonné blanc.

— Oui et vous, vous vous refusez à le croire ! dit-il en se retournant et en pointant Harriet de son doigt. Et, par qui un paisible père de famille se serait-il fait refroidir, sinon par un cinglé !

— Dempsey, ça suffit, lui dit calmement Spikings. On est pas à Dallas ici, mais en plein cœur de Londres. Nous n'avons pas de tireur fou chez nous. Nous avons une Tour, une Reine et on boit de la bière tiède, mais nous n'avons pas de cinglé.

— Un cinglé ! Mais interrogez-donc votre ordinateur !

— J'écoute, dit Spikings en prenant son téléphone. Un instant… Dempsey ?

— Quoi ? crie-t-il depuis son bureau.

— Pour vous, lui dit Spikings en lui tendant le

combiné.

— Oui, Dempsey.

« *Ca aurait pu être vous, Dempsey, qui aurait reçu une balle dans la tête* », dit une voix au téléphone.

Dempsey fait signe à Spikings d'enregistrer la communication.

— Parlez plus fort, je vous entend pas, dit-il.

Spikings sort de son bureau.

— Recherchez l'appel, dit-il à son équipe.

« *Ce matin, à l'arrêt d'autobus….. * »

Harriet entre dans le bureau de Spikings.

— Eh bien, quoi ? dit Dempsey au téléphone.

« *C'est votre crâne que la balle aurait pu traverser….* »

— Et pourquoi le mien ?

« *Parce que la prochaine fois, ce sera vous ! Ce n'était qu'un avertissement, vous êtes condamné, Dempsey* ».

La personne a raccroché.

Harriet s'approche de Dempsey, elle le regarde d'un air inquiet.

— En disant un cinglé, je suis largement en dessous de la vérité, dit-il en regardant Spikings, puis Harriet.

— Vous avez reconnu la voix ? demande Spikings.

— Oui, c'était ma belle-sœur ! Mais bien sûr que non ! Cette folle a du piquer mon numéro dans l'annuaire ! Pourquoi est-ce que vous me regardez comme ça, puisque je vous dis, que je ne l'ai pas reconnu !

— A, vous n'êtes pas dans l'annuaire ! B, sur les listes du service ! Vous êtes sur la liste rouge.

— Allons, ce n'est pas parce que cette femme a téléphoné que ça veut dire que c'est elle qui a tué ! Ils pourraient être deux ou plus !

— Peut-être, dit Spikings.

— Et, si c'était la femme de quelqu'un qu'on aurait fait mettre à la porte ?

— Je vais faire des recherches, répond Spikings.

— Un homme a été tué à cause de moi, c'est dur à avaler, je vous jure, leur dit Dempsey.

Dempsey est assis à son bureau, Harriet lui apporte un mug de café.

— Ce n'est pas difficile de deviner ce que vous pensez, lui dit-il.

— Je n'ai jamais su dissimuler ce que je pense, lui dit-elle.

— Vous n'allez peut-être pas me croire, mais je suis resté en bons termes avec toutes mes anciennes amies, lui dit Dempsey.

— Vraiment toutes ? lui dit-elle.

— Oui, toutes. D'ailleurs, si ce n'était pas vrai, il y a longtemps que je n'aurais plus de tête sur les épaules....

— Et parlez-moi un peu, de celles qui n'ont jamais été vos maitresses. De celles que vous avez dédaignées....

— Ecoutez, le moment est mal choisi pour jouer à ce petit jeu-là, Sergent Winfield.

— Il doit quand même s'agir de quelqu'un que vous connaissez.

— Je crois savoir ! dit-il en claquant d'un doigt. Non, non.

— Qui est-ce ?

— Je ne connais qu'une fille capable de tirer comme ça et qui ait une bonne raison ..., dit-il en la regardant.

Harriet Winfield regarde Dempsey.

Dempsey rentre chez lui, il a les bras chargés de paquets de course. Il boit une cannette de bière tout en marchant. Il entend le téléphone sonner dans son appartement et se précipite pour ouvrir la porte.

— Allo ? Allo ? dit-il en décrochant le téléphone depuis sa chambre.

Mais, il entend un clic. Son correspondant a raccroché. Dempsey ressort de son appartement.

— Elle s'appelle comment ? dit le gardien de l'immeuble, un homme d'un certain âge qui est sur le pas de la porte de son appartement.

— Quoi ? dit-il.

Il sort un bouquet de lys qu'il tenait derrière son dos et le tend à Dempsey.

— C'est quoi ça ?

— On les a livré, il y a à peine une heure.

— Qui ça, « *on* » ? lui demande Dempsey.

— Le petit commis du fleuriste, je n'ai pas vu d'aussi beaux lys depuis la mort de ma femme, dit-il. Vous n'avez pas de tapis à nettoyer Monsieur Dempsey.

Dempsey ouvre la petite enveloppe qui accompagne le bouquet et découvre sur la carte qui l'accompagne, l'empreinte au rouge à lèvres, d'un baiser.

— Euh, non, non. Merci Monsieur Foley.

— Vous avez tout ce qu'il vous faut ?

— Oui.

Dempsey est à la laverie, il attend que son linge finisse d'être lavé. Il lit un livre et est assis sur une machine à laver. La lumière du local s'éteint soudainement, puis elle se rallume. Dempsey regarde autour de lui, puis se replonge dans sa lecture. La machine à laver s'arrête, le cycle de lavage est terminé. Il se lève et s'approche de la machine. Il prend son linge tandis qu'il entend le bruit de l'ascenseur qui descend, il relève la tête.

— Y'a quelqu'un ? dit-il. Y'a quelqu'un ? répète-t-il en s'approchant de l'ascenseur.

Il ouvre la porte et reçoit un tapis dans les bras.

— Hé oh ? crie une voix provenant de l'étage supérieur.

— C'est vous, Monsieur Foley ? crie Dempsey.

— Oui, c'est qui ?

— Dempsey !

— Vous n'auriez pas vu un tapis, Monsieur Dempsey ?

— Si, il est en bas ! Je vous le renvoie tout de suite, appuyez sur le bouton !

Dempsey regagne son appartement avec son linge. Il met quelques secondes à retirer la clé de sa porte d'entrée qui visiblement se coince dans la serrure. Il pose ses clés dans l'entrée tandis que la sonnerie du téléphone retentit. Il se précipite dans le salon.

— Allo ? Allo ? dit-il.

Mais, il n'y a personne son correspondant a raccroché. Il s'assoit et compose un numéro de téléphone. Le téléphone sonne chez Harriet Winfield. Elle s'avance vers le combiné situé dans son hall d'entrée en tenant une tasse de thé à la main.

— Allo ? dit-elle.

— Harriet ?

— Dempsey !

— Est-ce que c'est vous qui venez de m'appeler ?

— Non, mais c'est peut-être une de vos nombreuses conquêtes, lui dit-elle.

— Allons, vous êtes la seule et vous le savez, Harriet. Ecoutez, si on allait voir un film ?

— J'aimerais bien, mais le décorateur doit venir demain et j'ai beaucoup de choses à ranger. Une autre fois….

— Bon, bah à demain au bureau alors, dit-il.

— C'est ça.

Elle raccroche et reprend sa tasse de thé, elle reste pensive quelques instants. Dans son appartement, Dempsey se lève et s'approche de la fenêtre du salon. Il regarde à l'extérieur sans se douter que quelqu'un l'observe en face de son immeuble.

A Scotland Yard, la voiture de Spikings s'arrête près du parking des voitures de la police. Celle de Dempsey y est stationnée.

— Vous n'allez pas me dire que ça vient des bougies, on les a changé il n'y a pas longtemps.

Spikings le regarde par la vitre ouverte de sa voiture.

— Bon alors, vous allez me vérifier tout ! L'allumage, le carburateur et tout le reste ! Je veux savoir d'où ça vient !

Spikings se dirige vers lui.

— Bonjour, lui dit Dempsey.

— Bien dormi ?

— Non, je ne dors jamais bien !

Spikings lui fait signe de le suivre.

— L'être humain n'est pas une île, un poète l'a dit, lui dit Spikings.

— Un poète, à propos de quoi ?

— A propos de la femme qui vous a téléphoné hier.

— Je n'y suis toujours pas, lui dit Dempsey.

— Un célibataire….à Londres…..très loin de son pays…..est soumis à des tentations nombreuses et nous sommes des hommes….

— Nous sommes ? répète Dempsey.

— Et, on réagit de bien des façons.

— Ah oui ?

— Moi, c'est la pêche.

— La pêche ?

— La truite ! Au lancer avec une canne en fibre, j'appâte à la mouche. C'est le meilleur moyen de surmonter les frustrations, la gueule de bois et toutes sortes d'autres problèmes.

— Eh bien, il faudra que j'essaye ! lui répond Dempsey.

— Je suis membre actif et même, très actif d'une des plus anciennes sociétés de pêche à la ligne. S'il y a ....je veux dire...quoique que ce soit.....dont vous désiriez libérer votre conscience....n'hésitez pas.

— Quelque chose me dit, qu'il pourrait tout bonnement s'agir d'un contrat de New-York.

— Non, j'ai faxé à New-York pour résoudre un petit problème, ça ne vient pas de là.

— Bon, bah si c'est comme vous dites. Je peux vous assurer d'une chose....

— Laquelle ?

— Que si je peux attribuer cette voix à une femme que je connais ou que j'ai connu, vous serez la seconde personne à le savoir.

— Et la première sera qui ?

— Ce sera elle-même.

Dempsey est assis à son bureau, il est au téléphone.

— Non, ça suffit ! Une seule question ! Est-ce qu'on a essayé d'esquinter le moteur ? C'est pas impossible ? Peut-être bien ? C'est ce que je voulais savoir. Faites le nécessaire et j'en ai besoin de suite, hein !

Harriet entre dans le bureau.

— Tenez, une lettre. Courrier personnel, dit-elle en lui remettant l'enveloppe.

Dempsey ouvre l'enveloppe et déplie la lettre. Harriet essaie de voir son contenu depuis sa place, mais ne voit rien. Puis, Dempsey regarde le dos du courrier, puis le dos de l'enveloppe et met le tout dans sa poche.

— C'est ma tante, elle est de passage à Londres…elle n'est jamais venue….elle m'invite à dîner…, dit-il.

Harriet le regarde longuement.

Dempsey est au volant de sa voiture, il s'arrête devant une bâtisse désaffectée. Il ouvre la porte d'un coup de pied. Les plafonds sont hauts et les pièces sont vides. Il entre prudemment et se dirige vers l'étage. Il entre dans une pièce l'arme au poing, une nuée de pigeons s'envolent vers la toiture ouverte du bâtiment. Trois étages plus bas, Harriet Winfield entre au rez-de-chaussée. Au dernier étage, Dempsey force la porte d'une pièce, il entre et tire dans tous les sens, mais il n'y a rien à part de la poussière et quelques vieux meubles. Il entend des pas, il se retourne brusquement et se retrouve nez-à-nez avec Harriet. Ils braquent tous deux leurs armes mutuellement l'un vers l'autre.

Harriet et Dempsey quittent le bâtiment désaffecté. Une photo de Dempsey a été glissé sur le pare-brise de sa voiture.

— C'est ce qu'on appelle, l'amour à mort, lui dit Harriet.

Dans l'appartement de Dempsey.

— Vous vivez ici comme un spartiate ou comme quelqu'un qui ne fait que passer ! dit Harriet tandis que Dempsey change de chemise.

— Oui, justement j'y compte bien. Vous avez déjà lu Scott Fitzgerald ?

— Oui.

— Eh bien, sa femme Zelda, elle disait qu'elle ne pouvait vivre quelque part qu'avec une valise à portée de la main.

— Elle est devenue folle….et ça risque de vous arriver.

Dempsey marque un temps d'arrêt et termine de remonter les manches de sa chemise. Harriet retourne dans le salon où se mêle matériel de sport et meubles.

— J'ignorais que vous aviez tout cet équipement ! dit-elle en s'arrêtant près d'une machine de musculation.

— Café ? lui propose Dempsey en terminant de mettre un pan de sa chemise dans son pantalon.

Il rejoint la cuisine américaine et prend deux mugs.

— Vous allez à un enterrement ? lui demande Harriet en voyant le bouquet de Lys.

— Non, c'est pour le mien, dit-il en versant le café dans les mugs.

— Elles viennent d'où ?

— Devinez ?

— Qui vous les a offertes ?

— Commandées par téléphone et payées par un commissionnaire. Sucre ?

— Non merci. Rien de neuf au sujet de l'arme ?

Il verse du lait dans les mugs.

— Vos chips ne sont pas fraîches, lui dit-elle en goûtant l'une d'elles.

— Ce sont des chips de célibataire, lui dit Dempsey.

Il lui tend un mug de café.

— Merci, lui dit-elle. D'une femme amoureuse ou qui se l'imagine et se croit délaissée, vous savez ce que l'on dit ? Qu'elle peut se changer en furie.

— Oui, mais je n'ai jamais délaissé personne, dit-il en s'asseyant sur le comptoir de la cuisine.

— Vous le croyez. Comment s'est-elle procurée ces photos ? dit-elle ne ouvrant l'un des placards de la cuisine.

— Dites-le moi.

— Elle l'a prise.

— Ou bien, fait prendre.

— Sans que vous vous en rendiez compte.

— Au téléobjectif.

— Une petite amie plaquée, une fiancée déçue...

— Non, non....

— Si vous n'y croyez pas, c'est parce que vous ne voulez pas y croire, lui dit-elle.

— Non, c'est parce que c'est faux, un point c'est tout. Vous aimeriez que je vous donne une liste de noms et d'adresses.... hein ? dit-il en la regardant.

— Non, ne croyez pas ça. Je ne cherche qu'à vous aider, Dempsey.

— Contrairement à ce que vous supposez, je ne suis pas le Roméo de la police newyorkaise ... sinon, je vous raconterais des choses qui vous défriserait.

— Défrisée ....., je le suis depuis longtemps.

— Vous pouvez dire ce que vous voulez, Sergent

Winfield, vous ne tirerez rien de moi, lui dit-il tout sourire.

— La solution du problème quelle quel soit, dépend exclusivement de vous, un point c'est tout.

Le téléphone sonne.

— Téléphone ! lui dit-elle. Vous ne décrochez pas ?

— Non.

— Pourquoi ?

— Parce qu'il n'y a personne au bout du fil.

Harriet se saisit du téléphone.

— Allo ? dit-elle.

— Eh voilà, vous voyez ! lui dit Dempsey.

— C'est pour vous, dit-elle en lui tendant le combiné.

— Dempsey, dit-il.

« Dempsey ? C'est les archives... »

— Ah oui et alors ?

« On a remonté la filière... »

— Excellent ! Je viens tout de suite !

Il raccroche le téléphone.

— La photo ! Ils savent d'où elle vient ! lui dit-elle.

Dempsey et Makepeace arrivent sur le port, ils entrent dans un petit bureau où un homme termine son déjeuner.

— Non, mais dites-donc ! leur dit-il tandis qu'ils entrent tous deux dans le bureau.

— Police, lui dit Dempsey en sortant son insigne.

— On ne m'a pas comme ça, je vous préviens ! dit-il la bouche pleine.

— Sergent Winfield, Lieutenant Dempsey, dit Harriet.

— La Police Municipale ?

— Non, du MI6. Et contentez-vous de ça ! lui dit Dempsey.

Harriet sort une photo d'une grande enveloppe qu'elle tient dans ses mains.

— Je vais essayer, mais je ne vous promets pas de réussir ! leur dit l'homme.

— Monsieur est un privé ? dit Dempsey en regardant Harriet.

— Vous reconnaissez cette photo ? lui demande Harriet en posant le cliché devant l'homme.

— Ca se pourrait ...

— A question précise, réponse précise, lui dit Dempsey. Oui ou non ! Connaissez-vous cette photo, oui ou non ?

— Vous faites irruption au moment où je déjeune et en oubliant de frapper à la porte !

Dempsey saisit la barquette de déjeuner de l'homme et la balance par la fenêtre.

— Si vous voulez continuer dehors...

— Est-ce que c'est une menace ? demande l'homme.

— Est-ce que c'est une menace ? répète Harriet en regardant Dempsey.

— Ah oui, je crois que c'est une menace, répond Dempsey.

— Oui, c'en est une, dit Harriet en regardant l'homme.

— Parfait, j'appelle mon avocat !

Dempsey balance le téléphone sur le sol.

— Si c'est des ennuis que vous cherchez, je vais vous aider à en trouver, lui dit Dempsey.

— Mais non, il sait où est son intérêt ...n'est-ce pas ? dit Harriet.

— Si vous me frappez, j'ai un témoin !

— Fermez les yeux, Harriet ! s'écrie Dempsey.

Dempsey s'avance vers l'homme le poing serré.

— Doucement ! C'est une atteinte à la liberté ! Vous n'avez pas le droit !

— Dernier avertissement. Connaissez-vous cette photo ? Oui ou non !

— Oui....

— Espionner et photographier un Officier de Police pendant son service, c'est malin ! Ca va chercher combien ? dit-il en regardant Harriet.

— Ecoutez, j'ignorais que vous étiez un flic !

— Ah oui, vous croyez ?

Harriet lui fait signe que « non » de la tête.

— Vous travaillez pour le compte de qui ?

— Attention, secret professionnel ! Non, hé doucement !

Dempsey l'attrape par le col de sa chemise.

— C'était une femme...

— Son nom !

— Je ne sais pas.

— Comment elle s'appelle ?

— La transaction s'est faite au téléphone. Elle m'a appelé, envoyé l'argent et j'ai fait un paquet des photos et je les ai envoyés à un service de routage.

— Les photos ? dit Dempsey.

— Bah oui, y'en avait pas qu'une.

— Combien ?

— Il y en avait environ, une cinquantaine, au moins.

— Une cinquantaine, répète Dempsey.

Dans l'immeuble où habite Dempsey, la porte de

l'ascenseur s'ouvre et une jeune femme en sort. Elle ouvre la porte de l'appartement de Dempsey et entre. Elle s'assoit sur la machine de musculation, puis elle lave les deux mugs laissés dans la cuisine lorsqu'elle remarque la trace d'un rouge à lèvres sur l'un d'eux, elle casse le mug de rage. Elle entre dans la chambre de Dempsey, se déshabille … On frappe à la porte, elle va ouvrir.

— Ah Monsieur Foley ? dit-elle.

— Oui, répond l'homme surpris de voir une femme en peignoir de bains et non Dempsey.

— Vous voyez comme vous êtes bien connu.

— Vraiment ?

— Jimmy m'a dit tant de bien de vous.

— Oh, c'est gentil de sa part.

— Qu'y-a-t-il ?

— Sa veste est revenue de chez le teinturier.

— Ah oui, sa veste noire, ma préférée, dit-elle en prenant le ceintre. Est-ce qu'ils l'ont bien nettoyé ?

— Je suppose.

— Jimmy est si soigneux avec ses affaires, dit la jeune femme. Je vais la ranger tout de suite dans la penderie. Je vous remercie.

— Mais, de rien.

La jeune femme range la veste de Dempsey dans sa

penderie. Puis, elle retire son peignoir et se glisse sous les draps.

A Scotland Yard.

— Comment prend-t-il la chose ? demande Spikings à Harriet.

— Pas trop mal extérieurement, dit-elle tandis qu'ils descendent un escalier.

— Et à l'intérieur ?

— Oh, avec lui, allez donc savoir…, lui dit-elle.

— Un flic qui n'a jamais peur, n'est pas un bon flic. Vous lui avez posé des questions sur sa vie sentimentale ?

— Pour l'instant, il n'a personne.

— Vous le croyez ?

— Il est dans une situation délicate….

— On l'est tous.

Dempsey entre dans un pub. De nombreux clients sont installés dans la salle à des tables ou au bar.

— Salut ! dit Dempsey en s'approchant du bar. Où est mon journal ?

Le barman lui tend le journal. Il le prend et s'installe à une table. Une serveuse pose son plateau près de lui, c'est la jeune femme qui était dans son appartement.

— Salut Cathy, ça va ? dit-il.

— Oui, ça va et vous ?

— Oh ça va, quand ça va pas ….

— Oui, je sais, on fait aller. Je resterais tard ce soir, une de mes collègues a attrapé un rhume.

— Ah oui, répond Dempsey sans lever les yeux de son journal.

— Je ne sortirais pas avant huit heures.

— J'ai quelqu'un qui doit venir, lui dit Dempsey.

— Ah, une nouvelle ?

— Ca vous ferait rien de vous mêler de vos affaires ! lui dit Dempsey.

— Bon et bien, je vous sers une bière ?

— C'est ça, une bière !

— Comme d'habitude ?

— Comme d'habitude !

— A votre service ! lui dit-elle.

Harriet Winfield entre dans le pub, elle rejoint Dempsey.

— Alors, c'est ça votre repaire ? lui dit-elle.

— Mon port d'attache ! lui dit-il. J'y suis traité comme un prince, ils ont le New York Times, les meilleurs hamburgers d'Angleterre, ma bière préférée…..et j'ai toujours une table.

— Ca vous rappelle le pays ? dit-elle en s'installant.

— Vous ne l'avez jamais le mal du pays, vous ? lui demande Dempsey en repliant son journal.

— Pour l'avoir, il faut d'abord le quitter le pays, lui dit-elle.

— Eh oui, vous mangez quelque chose ?

— Jamais avant de faire des efforts.

— J'ai commandé une bière... Ca vient, cette bière ?

Cathy la serveuse arrive avec la bière à la main.

— Alors voilà Cathy, elle est américaine, Harriet, dit-il en faisant les présentations.

Cathy met un coup de coude dans le verre de bière posé sur la table, il termine sa chute sur les genoux d'Harriet. Sa jupe est trempée.

— Je suis désolée, dit la serveuse.

— Ce n'est rien, dit Harriet en prenant des serviettes en papier pour nettoyer sa jupe.

— La mettez pas sur la note ! dit Dempsey.

— Non, c'est compris dans le service, dit-elle.

Dempsey et Harriet font de la musculation dans l'appartement de Dempsey.

— Et n'oubliez pas de vous tenir bien droite. Voilà, c'est bien. Et maintenant devant, en alternance derrière, dit-il tandis qu'Harriet s'essaie à la table de musculation.

Voilà, la musculature doit se développer de façon harmonieuse…

Dans son appartement situé dans l'immeuble en face, Cathy la serveuse les observe. Les murs de son appartement sont tapissés d'innombrables photos de Dempsey. Elle écoute leur conversation.

« *On pourrait peut-être mettre plus de poids….* », dit Harriet.

« *Essayez comme ça…* », dit Dempsey.

« *C'est bien mieux …* », dit-elle.

« *Okay…* ».

Dans l'appartement de Dempsey.

— Vous savez, vous devriez en faire régulièrement, deux ou trois fois par semaine.

— Pour l'instant, une suffit amplement, merci. D'autant que je vais m'inscrire demain dans un gymnase.

« *Pourquoi un gymnase ? Ici vous ferez la même chose, pour rien. Et, vous aurez un moniteur personnalisé* ».

« *C'est bien ce que j'appréhende* ».

Le téléphone sonne.

— Vous allez voir, dit Dempsey.

Il se dirige vers le téléphone.

— Allo ? dit-il.

Mais, encore une fois, le correspondant a raccroché, il regarde Harriet.

— Et ça, on s'en sert comment ? lui demande-t-elle en désignant le bout de la table de musculation.

— Vous posez les pieds sur les coussinets et vous levez les jambes à l'horizontale. Maintenez-les, redescendez. Ca fait travailler le quadriceps de la cuisse. Dempsey se réinstalle sur sa machine et reprend ses exercices.

Dans son appartement, Cathy la serveuse scrute l'appartement de Dempsey, elle voit la lumière s'allumer dans la chambre et aperçoit l'ombre d'Harriet qui se change et ôte ses vêtements de sport.

Il est tard et Harriet rentre chez elle après cette séance de musculation chez Dempsey. Elle se gare devant le terre-plein de sa maison. Elle ouvre la porte d'entrée et entre. Elle appuie sur l'interrupteur, mais il ne fonctionne pas.

— Ah, zut, dit-elle.

Elle essaie d'allumer la lampe posée sur le meuble de l'entrée, mais rien ne se passe. Elle s'apprête à monter l'escalier en colimaçon pour rejoindre l'étage, quand son agresseuse lui tombe dessus. Elle se défend tandis que la femme prend la fuite par la porte fenêtre. Harriet porte la main à son cou et respire l'air frais pour reprendre ses esprits. Puis, elle découvre un long couteau tombé sur le sol de son entrée.

Le téléphone sonne. Elle prend quelques instants avant de décrocher.

— Allo ? dit-elle.

« *Sale garce ! Laissez mon homme tranquille !* ».

— De qui est-ce que vous parlez ?

« *De Jim ! Je vous défends de vous approcher de lui ! C'est compris ?* ».

Le lendemain, dans les bureaux du MI6.

— Mais tout de même, elle a failli y laisser sa peau ! A cause d'une cinglée qui veut me faire sauter la cervelle ! Qu'est-ce que vous allez faire maintenant ? s'écrie Dempsey tandis qu'ils sont lui et Harriet dans le bureau de Spikings.

— Si quelqu'un doit être mis sur la touche Jim, c'est bien vous ! lui dit Harriet.

— Ne dites pas de bêtises ! C'est MOI qui suit en cause !

— Justement ! s'écrie-t-elle.

— C'est MA peau et je fais ce que je veux ! Ce n'est pas une raison pour sacrifier la vôtre !

— Ca suffit ! Ca suffit tous les deux ! s'écrie Spikings. Il n'a pas tort, Harriet.

— Vous mériteriez une paire de claques, dit Harriet en regardant Dempsey.

— J'aime beaucoup vous entendre parler comme ça, lui dit-il en la regardant.

Le téléphone sonne.

— J'écoute ! dit Spikings en décrochant. C'est elle, qu'on enregistre la conversation, dit-il en donnant le combiné à Dempsey.

Harriet se lève de sa chaise et sort du bureau.

— Allo ? dit-il.

« *Jim ?* »

— Oui, c'est moi.

« *Vous avez votre veste noire, elle vous va si bien...A part ça, comment allez-vous ?* »

— Mieux que vous, en tous les cas pour ce qui est de l'équilibre mental !

« *Ce n'est pas gentil ce que vous dites-là...* »

Harriet les rejoint dans le bureau tandis que Spikings montre une feuille à Dempsey sur laquelle il a inscrit un mot.

— Je ne suis pas gentil, je suis un flic, ne l'oubliez pas ! Pourquoi vous en prenez-vous à moi ?

« Par amour .... »

— Vous avez une curieuse façon de le montrer ! Quel est votre nom ?

« A quoi cela vous servirait-il, Jim ? »

— On peut se voir ? lui souffle Spikings.

Dempsey lui fait signe qu'il ne comprend pas.

— On peut se voir ! répète-t-il.

Il lui fait signe qu'il a compris de la tête.

— Ecoutez, on pourrait peut-être se voir ? dit-il.

« Vous voudriez bien, Jim ? »

— Ah oui, j'aimerais beaucoup. On pourrait causer tranquillement.

« C'est ce qu'on est en train de faire, non ? »

— Non, je veux dire, vous et moi, en tête à tête…qu'on puisse se regarder, mieux se connaître…

« Il faut d'abord vous débarrasser d'elle ! »

— De qui ?

« D'Harriet ! Il n'y a pas de place pour deux, Jim ! »

— Mais, elle n'est rien pour moi, c'est mon chauffeur…je ne connais pas le nom de mes pilotes…

Harriet lève les yeux au ciel.

« Si vous refusez de vous débarrasser d'elle ! Je la tuerais, vous entendez ! »

— Mais, c'est moi que vous voulez tuer.

« Je n'ai pas changé d'avis, Jim »

— Alors, vous voulez nous tuer tous les deux ? Vous voulez faire deux victimes ?

« Oui, bon et bien, je crois qu'on s'est tout dit... »

— Non, non, attendez, ne raccrochez pas...je suppose que vous avez encore des choses à m'apprendre et ...comme j'ai tout mon temps.

« J'ai compris, vous gagnez du temps pour savoir d'où j'appelle...je ne suis pas aussi stupide, Jim ! Et, si dieu le veut, à bientôt peut-être.... »

— Non, attendez ! Ne raccrochez pas !

Mais, la jeune femme a raccroché.

— On a eu le temps ? demande-t-il à Spikings.

— Non, ça m'étonnerait.

— Comment est-ce qu'elle peut savoir ce que je porte ? dit-il.

— Elle vous aura croisé dans la rue, lui répond Spikings.

— C'est vraiment bizarre, j'ai vraiment l'impression de la connaître.

— Il est visible que ma présence ne fait, comme on dit, que mettre de l'huile sur le feu, dit Harriet.

— Et alors ? lui dit Dempsey.

— Alors, je vais être maintenant dans la ligne de

mire.

— Et, peut-on savoir ce que vous en concluez ? lui dit-il.

— Mais, que c'est mieux comme ça, elle va être tellement obsédée par ma présence, qu'elle va finir par faire un faux pas et …..

— Non ! s'écrie Dempsey en se levant de sa chaise.

— Si ! Elle a raison, dit Spikings. Nous allons mettre la situation à notre profit.

Dempsey est chez lui, il regarde un vieux film à la télévision, il s'assoit sur le canapé, une cannette à la main et une assiette garnie d'un sandwich dans l'autre. Mais la réception du film est défectueuse et des interférences coupent le son.

— Ah la barbe ! dit-il en se levant du canapé.

Il secoue le fil de l'antenne, se décale …quand le son du film se rétablit. Il se décale et à nouveau le son s'interrompt. Il bouge la lampe du salon, la prend et visiblement elle agit sur le son de la télévision. Il la retourne et découvre une « *puce électronique* » sous son socle. Il comprend qu'il est sur écoute.

Dempsey sort de chez lui, il croise le gardien de l'immeuble sortant de l'ascenseur.

— Monsieur Foley, lui dit-il.

— Oui.

— Ma veste noire, elle est bien revenue de chez le teinturier ?

— Oui.

— Quand ?

— Mardi.

— Vous en êtes sûr ?

— Oui, quelque chose n'allait pas ?

— Non, non, tout va très bien. Je voulais seulement savoir le jour. Merci, bonsoir Monsieur Foley.

— Euh, Monsieur Dempsey. Je l'ai remise à cette jeune personne…

— Jeune personne ? dit Dempsey en se retournant vers lui. Il y avait quelqu'un… dans mon appartement ?

— Oui, elle m'a fait entrer. Enfin, je veux dire, elle m'a ouvert la porte.

— Vous pourriez me la décrire ?

— Elle n'avait pas de robe.

— Vous voulez dire, aucun vêtement ?

— Je ne pourrais pas vous dire si elle sortait du bain ou si elle allait en prendre un…..

— Non, j'ai voulu dire, toute nue ?

— Elle portait votre peignoir. Comment, vous n'étiez

pas là !

— Non seulement je n'étais pas là, mais j'ignorais qu'elle y était. Bonsoir Monsieur Foley.

Un technicien scientifique procède au relevé d'empreintes sur la porte de l'appartement de Dempsey.

— Bonjour, dit Harriet en entrant dans l'appartement en tenant une plante verte à la main. Que se passe-t-il ? demande-t-elle.

— On a trouvé des puces, lui répond l'un des agents en civil.

— Quelle sorte de puces ?

— Des puces électroniques.

— Où est-il ?

— Il est là, dans la salle de bains.

— Merci, lui dit-elle en reprenant la plante verte qu'elle avait déposé sur un meuble près de l'entrée.

Elle entre dans le salon où des techniciens s'affairent à relever des empreintes. Elle dépose la plante sur un petit meuble. Puis, elle frappe à la porte de la salle de bains. Elle ouvre la porte, Dempsey est assis sur la baignoire.

— Est-ce qu'on peut parler ? lui demande-t-elle à voix basse.

Il lui fait signe d'entrer avec une flexion de son

index.

— Vous pouvez, lui dit-il l'air consterné.

— Qu'est-ce qui se passe ?

— J'ai une visiteuse...

— Ici ?

— Ici et là, un peu partout. Elle a piégé l'appartement...

— C'est pour ça qu'elle connait tant de choses à votre sujet, lui dit-elle. Ce sont ses empreintes ? demande-t-elle en voyant les traces relevées sur le rebord de la baignoire.

— C'est possible.

— Une main de femme, dit Harriet.

— Peut-être. Elle est entrée ici, elle a fouillé partout, mis mon peignoir...

— Il y a quelques jours, j'ai ressenti des effluves de parfum flotter dans l'air, dit-elle.

— Elle a répondu au concierge, dit-il.

— Comme si elle voulait vraiment se faire prendre, dit Harriet.

— On pourrait peut-être l'y aider, lui répond Dempsey.

Le lendemain, au bureau.

— Dempsey, dit l'agent qui était dans l'appartement de Dempsey.

— Oui.

— Au sujet de l'expertise hier chez vous, lui dit-il.

— Oui et alors ?

— Alors, un coup de chance et une surprise, dit-il.

— Comment ça une surprise ?

— Oui, elle est au fichier officiel, dit-il tandis qu'Harriet les rejoint.

— Elle s'appelle comment ? demande Dempsey.

— Warren. Catherine Warren.

Dempsey réfléchit.

— Pas d'autre identité connue ? lui demande Dempsey.

— Non, elle a travaillé pour le MI5.

— Ce qui explique en partie, pas mal de choses, dit Harriet.

— Oui, et il parait qu'elle est devenue un peu …Enfin, tenez, tout est là, dit-il en donnant le dossier à Dempsey.

— Merci.

Dempsey ouvre le dossier et tombe sur la photo de la jeune femme : Cathy, la serveuse du pub. Il regarde Harriet.

Harriet Winfield et Dempsey entrent dans le pub anglais où il a ses habitudes.

— Vous êtes trop matinal, ce n'est pas encore ouvert, leur dit une serveuse derrière le comptoir.

— Oui, je sais, mais je voudrais dire deux mots à Cathy, c'est important, lui dit-il.

— Elle n'est plus là, elle est partie, lui répond la serveuse.

— Depuis quand ? lui demande Dempsey.

— Depuis hier matin. Elle a demandé son compte et elle nous a quitté.

— Vous connaissez son adresse ? lui demande Dempsey.

— Le patron peut-être, mais il n'est pas là.

— C'est un peu soudain non, de s'en aller comme ça …, lui dit Harriet.

— Sans doute un coup de cafard, elle ne vous a rien dit ? dit la serveuse en regardant Dempsey.

— Non, pourquoi me demandez-vous ça ?

— On sait ce que vous étiez pour elle, spécialement après son anniversaire…

— Anniversaire ? répète Dempsey.

— Allons, allons…., dit la serveuse.

— Rappelez-le moi.

— Elle en parlait tout le temps. Elle avait ramené les fleurs ici, les roses et les avait mises ….

— Elle disait que je lui avais offert des roses ?

— Oui, dit la serveuse.

— On commence à y voir un peu plus clair, dit Dempsey.

— L'aviez-vous invité ce soir-là ? lui demande Harriet.

— Oui, seulement à prendre un verre, répond Dempsey.

— Où ?

— Dans une petite boite à deux pas d'ici.

— Vous êtes resté longtemps ensemble ? lui demande Harriet.

— Une demi-heure, à peine.

— Une demi-heure ? Comment se fait-il que le pianiste lui ait joué son air préféré quand elle est entrée ? Ce n'est pas vous qui lui avez demandé peut-être ? lui dit la serveuse.

— Vous y êtes déjà allée ?

— Avec ce que je gagne ?

— Il n'y a jamais eu de pianiste ! lui répond Dempsey.

— Eh bien, ça alors…, dit la serveuse.

Le téléphone sonne sur le comptoir et la serveuse s'éloigne pour répondre. Dempsey pose une main sur son front.

— Il me vient une idée, dit Harriet. Puisqu'elle vous entendait, elle vous voyait peut-être aussi, non ?

Dempsey relève la tête et réfléchit.

Dans son appartement, Dempsey scrute les environs avec une paire de jumelles.

— Vous voyez quelque chose ?

— Je vois une femme qui arrose ses pots de fleurs à sa fenêtre, un enfant qui joue du violon et un homme en slip qui fait des poids et altères….

— Où ça ? lui demande Harriet qui est juste derrière lui.

Il tourne la tête et la regarde.

Dempsey met en marche le système électronique qui a été mis en place par les techniciens scientifiques pour la recherche de la visiteuse de son appartement. Puis, il se lève et fait quelques pas dans le salon.

— Wilson a dit que ça fera un « *bip* » quand elle allumera son récepteur, dit-il.

— Supposez qu'elle ne l'allume pas, dit Harriet qui est assise dans le canapé.

— Eh bien, on attendra jusqu'à ce qu'on ait des cheveux blancs, dit-il en s'asseyant sur le rebord intérieur de la fenêtre.

— C'est une chance que son appareil ait interféré avec votre téléviseur.

— Non, ce n'est pas une chance, c'est un défaut de conception de la puce.

Dans son appartement situé juste en face, Cathy la serveuse les observe. Elle met en marche son système d'écoute et le « *bip* » résonne dans l'appartement de Dempsey qui fait signe à Harriet de se lever.

— ....Oh bien sûr, j'étais un peu cavaleur, mais c'était avant de faire votre connaissance...., parce que je ne vous connaissais pas, dit-il tout sourire en regardant Harriet. J'ai changé, avec vous ....c'est différent !

— J'aimerais savoir à combien d'autres, vous avez fait ce genre de discours ..., lui répond Harriet.

— Non, ce que je ressens pour vous Harriet, c'est quelque chose de pas comme les autres....très particulier...

— Je ne m'en étais pas rendue compte ...

— Non, ça se comprend... je veux dire, avec la vie que nous menons, avec notre métier, ces contacts quotidiens, ça ne nous laisse pas ...beaucoup de temps pour ....n'est-ce pas ?

— Je comprends, lui répond Harriet.

— Mais, je ne voudrais pas avoir l'air d'implorer votre indulgence.

Il lui fait signe de continuer, mais elle ne sait pas quoi lui répondre.

— Au début, je croyais que ce n'était qu'un sentiment passager, comme j'en ai si souvent éprouvé, mais je me rends compte maintenant, que c'est beaucoup, beaucoup ...

— Vous voulez dire, que vous m'aimez sincèrement....et que vous envisagez, je ne veux pas dire maintenant, mais dans un avenir proche..., lui dit Harriet.

Dans son appartement, Cathy tourne en rond, son visage est crispé et elle regarde les photos de Dempsey accrochés sur tous les murs de son appartement.

— Je n'utilise le mot « *amour* » qu'avec précaution, lui répond Dempsey.

— Moi de même.

— Quoique, quand je me suis réveillé ce matin, ma première pensée a tout de suite été pour vous ...., dit-il tout sourire.

— Moi aussi. C'est étrange, j'étais là à ma table de la cuisine devant ma tasse de thé et mes tartines beurrées et je pensais avec plaisir et impatience que j'allais dans l'heure qui suivait me retrouver en votre compagnie.

Dans son appartement, Cathy est horrifiée par ce qu'elle entend...

— Je voudrais vous caresser, dit Dempsey. Je voudrais passer ma main dans vos cheveux, jouer avec vos doigts, poser ma tête sur votre épaule, respirer votre parfum...

Dans son appartement, Cathy est prise d'un accès de rage et à l'aide d'un couteau, elle lacère les photos de Dempsey sur ses murs.

— Je voudrais pouvoir contempler votre visage, pouvoir vous ôter vos vêtements, un à un...poser mes lèvres sur tout votre corps...

— Eh bien....qu'attendez-vous ....., dit-elle.

Dans son appartement, Cathy s'empare de sa carabine posée sur le canapé. Elle s'approche de la fenêtre qu'elle ouvre et tire en direction de l'appartement de Dempsey. Harriet et Dempsey ont juste le temps de s'accroupir sur le sol.

— Il faut repérer d'où ça vient ! dit Dempsey.

Les tirs continuent et des bris de glace résonnent dans le salon.

— Troisième étage à l'angle, dit Dempsey en jetant

un coup d'œil furtif.

Ils se précipitent tous les deux à l'extérieur tandis que Cathy continue de lacérer les photos de Dempsey. Ils gravissent les marches quatre à quatre. Dempsey entre dans l'appartement de la jeune femme l'arme au poing, la pièce est vide et le sol est jonché de nombreuses photos de lui. Harriet entre à son tour, ils se regardent tous les deux.

— Le toit ! dit-elle.

Ils se ruent tous les deux vers le toit de l'immeuble. Dempsey s'avance prudemment, la jeune femme surgit devant lui tenant un couteau à la main.

— Cathy, dit-il en rangeant son revolver dans son étui. Venez avec moi. Allons, soyez raisonnable.

— Vous m'aviez embrassé, lui dit-elle.

— Un baiser d'anniversaire ! lui dit-il.

— Vous m'aviez dit aussi que vous m'aimiez, non ? Vous m'aviez offert des roses rouges. Pourquoi avez-vous fait ça ?

— Je ne vous ai pas offert de roses Cathy. Si vous voulez des roses, je peux vous en offrir.

— Vous aviez demandé au pianiste de jouer pour moi mon air préféré.

— Il n'y avait PAS de pianiste !

— Pourquoi avez-vous fait ça ?

— Fait quoi ? Fait quoi, Cathy ?

— Toutes …ces choses… que vous disiez….

— Quelles choses ?

— Avec elle…

Cathy aperçoit Harriet tout près d'eux, elle se rue avec son couteau sur Dempsey. Mais, elle chute par-dessus la barrière de protection du toit. Dempsey la retient par la main.

— Lâchez ce couteau, je ne peux pas vous retenir ! lui crie-t-il.

— Au secours ! hurle Cathy suspendue dans le vide.

— Lâchez le couteau ! hurle Dempsey. Prenez-moi la main ! Lâchez le couteau, faites ce que je vous dit !

Mais la main de la jeune femme glisse de celle de Dempsey et elle chute dans le vide. Harriet accourt aux côtés de Dempsey tandis qu'ils voient le corps inerte de la jeune femme sur le sol.

Dempsey et Harriet regagnent l'appartement de Dempsey. Le téléphone sonne. Dempsey décroche.

— Allo ? dit-il. Ca recommence ! dit-il en raccrochant.

Le téléphone sonne à nouveau.

— Allo ? dit Harriet. C'est pour vous.

— Qui est-ce ?

— Thelma.

— Thelma ?

Il prend le téléphone.

— Tante Thelma, c'est toi ? Mais, depuis quand es-tu à Londres ?

Harriet lui fait un petit au revoir de la main.

FIN

MISSION CASSE-COU – SAISON 2 – EPISODES 1 à 5 - TOME 3

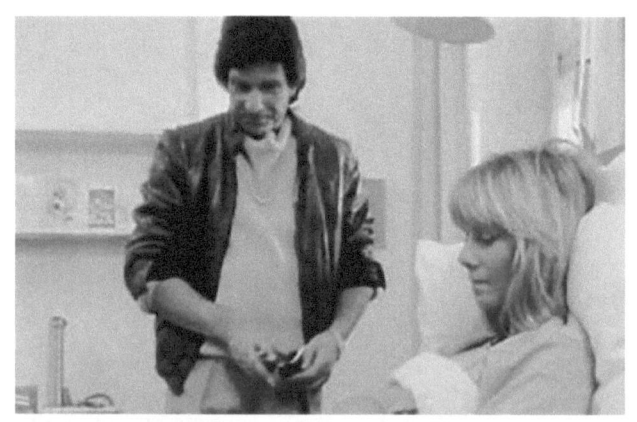

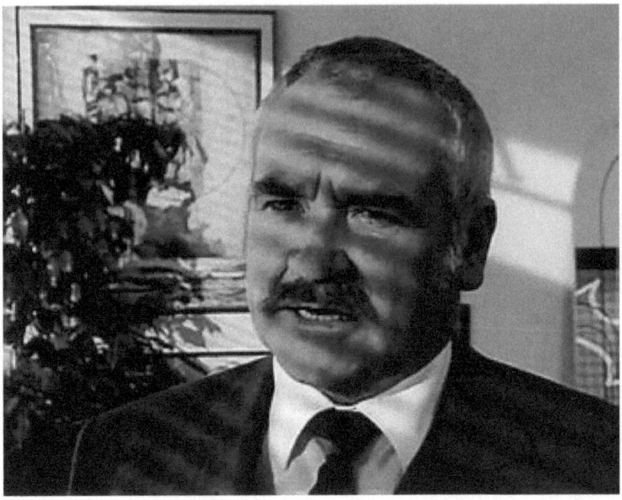

Saison 2 – Episode 4 : « Pas de quartier »

Résumé : « *Trois hommes volent une mallette contenant des diamants, mais Dempsey les attends à leur hôtel. L'un d'eux s'échappe. Harriet se lance à sa poursuite, fait une chute et se retrouve au sol inconsciente. À l'hôpital, Dempsey reprend son couplet misogyne sur les femmes dans la police. Harriet le renvoie. James Martin, un homme riche qui a rendez-vous avec le Premier Ministre. quitte la femme qu'il aime et qu'il va pouvoir enfin épouse, et part avec son chauffeur. Au sortir de l'hôpital, Harriet découvre Dempsey qui se propose de la reconduire chez elle...... »*

Dans le centre de Londres, deux hommes sortent d'un magasin de luxe, l'un deux tient une mallette qui est fixée à son poignet par une lourde chaîne. Alors qu'ils avancent dans la rue, deux hommes arrivant en sens inverse les agressent et à l'aide de solide tenailles, ils coupent la chaîne rattachée à la mallette. Puis, ils s'engouffrent à la hâte dans une voiture rouge qui s'arrête à leur hauteur. Le véhicule repart avec ses occupants aussi vite qu'il s'était arrêté.

— Démarre vite !

Dans le véhicule, l'un des hommes fait sauter les verrous de la mallette.

— Voyons ce que l'on a, dit-il.

De gros diamants scintillent sous leurs yeux.

Les hommes sortent de l'ascenseur, l'ambiance est détendue.

— Police ! Les mains en l'air ! hurle Dempsey qui surgit derrière eux.

L'un des hommes se retourne et fait feu sur Dempsey qui tire à son tour, l'homme s'écroule sur le sol.

— Ne bougez pas ! Contre le mur ! hurle Dempsey en se ruant sur le second homme qu'il assomme d'un coup de crosse derrière la tête.

Le troisième complice s'échappe en prenant les escaliers, mais Dempsey se lance à sa poursuite. Tandis qu'il sort de l'immeuble en courant, la mallette à la main, Harriet Winfield qui joue les policiers en civil en dressant des amendes aux véhicules mal garés, le voit. Elle se débarrasse de son bloc.

— Police ! On ne bouge pas ! crie-t-elle en pointant

son arme en direction du fuyard.

Harriet se précipite à sa poursuite en passant sous un échafaudage tout en bousculant les passants. Elle monte les escaliers quand elle reçoit un coup de pied qui fait valser son arme sur le sol. Puis, l'homme prend la fuite au milieu de l'échafaudage, tandis qu'Harriet se ressaisit et se lance à sa poursuite. Arrivés tous deux à la fin de l'échafaudage, l'homme tente de la faire tomber à l'aide de la mallette, mais Harriet le saisit par le bras. Mais, l'homme se relève, il se saisit d'un tube de fer et frappe Harriet qui chute lourdement sur le capot d'une voiture et roule sur le sol.

Tandis que l'homme glisse de l'échafaudage pour prendre la fuite, Dempsey sort de l'immeuble au même moment. Il prend son élan et le neutralise d'un violent coup de pied au visage. Puis, il se précipite vers Harriet qui est allongée sur le sol, inconsciente.

— Harriet, dit-il en posant sa main sur le front de la jeune femme.

Dempsey entre dans le hall de l'hôpital en tenant un papier à la main.

— La chambre 218, s'il vous plait ? dit-il en s'adressant à deux infirmière en grande discussion.

L'une d'elles lui indique la direction d'un signe de la main sans même le regarder.

— C'est trop aimable, merci, dit-il en les regardant.

Puis, il aperçoit un bouquet de fleurs dans un vase sur le comptoir de l'accueil. Il prend les fleurs et prend la direction indiquée par les infirmières.

Dempsey pousse la porte de la chambre 218 et entre. Harriet Winfield est allongée dans son lit d'hôpital, elle se repose.

— Ah, je préfère vous voir ici que dehors, dit-il.

Il s'avance vers le lit, ses lunettes de soleil sur le nez et son bouquet de fleurs à la main.

— Je souffre de contusions Dempsey, pas de commotion cérébrale, lui répond-t-elle.

Il lui tend le bouquet de fleurs.

— Merci, lui dit-elle en souriant et en prenant les fleurs.

— Elles vous plaisent ? lui demande-t-il tout sourire.

— Elles sont différentes, lui dit-elle en le regardant.

— Oui.

— C'est du plastique ..., lui dit-elle.

Il retire ses lunettes *Rayban* et regarde les fleurs.

— Exact ! J'appartiens au mouvement de protection des fleurs et nous pensons que les fleurs ont le droit de vivre, comme tout le monde….

Il fait le tour du lit.

— Comment ça va, vous ? lui demande-t-il.

— Bien, vous l'avez eu ?

— Ah oui…..seulement, il n'est pas aussi bien logé que vous. Vous savez, je me suis fait du souci, j'ai cru que vous aviez votre compte, lui dit-il en se servant de friandises sur la table de chevet d'Harriet.

— J'ai fait une erreur de jugement, je n'ai pas bougé assez vite.

— Très juste !

— Inutile de vous cacher la vérité.

— Mais, je ne viens pas vous frapper sur votre lit de douleurs ! lui dit Dempsey.

— Mais vous le ferez de toute manière, lui dit-elle en le regardant.

— Si vous aviez été un homme, on l'aurait eu tout de suite et vous ne seriez pas là à vous morfondre !

— Vous savez, il arrive que les hommes aussi fassent des erreurs ! lui répond-t-elle.

— Si j'avais fait équipe avec un homme, il n'aurait pas été habillé en contractuelle ! Votre jupe étroite vous empêchait de courir et votre jacket vous gênait.

— Et les femmes, disons-le, ne sont pas faites pour

ce genre de travail ! lui répond Harriet.

— Les femmes ne sont pas faites pour ce genre de travail, exact !

— Et les hommes le sont ?

— Bah, ils ont de bien meilleures chances, mon petit chou ! L'évolution ? Six millions d'années.

Elle prend le bouquet de fleurs et le tend à Dempsey.

— Elles vont vous resservir ! lui dit-elle.

— Mademoiselle Winfield, vous me blessez, lui répond Dempsey.

— Remettez-les où vous les avez prises en sortant !

— Si ce tuyau avait été soixante centimètres plus long, votre aristocratique petit nez serait beaucoup moins impertinent, pensez bien à ça, Sergent ! dit-il en quittant la chambre d'un air agacé.

Dans un luxueux appartement du centre-ville, une femme vêtu d'un pyjama en soie pose un document et va s'assoit à la table pour le petit déjeuner. Elle verse le jus d'orange dans un verre quand le téléphone sonne.

— Allo ? dit-elle. Oui, Monsieur Wilkins, il descend tout de suite.

Un homme entre dans la pièce en tenant son veston à la main.

— La voiture est là, lui dit-elle.

— Je n'ai qu'un reproche à faire à Wilkins, il est trop ponctuel, dit-il en terminant de boutonner le gilet de son costume. Qu'est-ce que tu as là ?

— Devine ? lui dit-elle.

— Serait-ce ….. ?

— De mon avocat, lui dit-elle tout sourire en lui présentant le document.

« ...*heureux de vous informer que votre divorce sera définitivement prononcé dans trois jours....* », lit-il.

— Chérie, quelle excellente nouvelle.

Il la prend dans ses bras.

— Martin, Martin, tu vas faire attendre le Premier Ministre ! lui dit-elle en le repoussant.

— Je vais te dire une chose, je t'aime chérie et nous allons nous marier. Je serais de retour de Zurich, vendredi. Ne fait pas de projets…

L'homme quitte la pièce et rejoint son chauffeur qui l'attend en bas de l'immeuble près de sa voiture.

— Bonjour. Downing Street puis l'aéroport.

— Bien Monsieur.

Harriet Winfield quitte l'hôpital, elle descend les marches en tenant sa valise à la main. Elle voit Dempsey qui lui fait un petit signe amical de la main, il est assis sur le capot de sa voiture.

— Qu'est-ce que vous faites-là ? lui demande-t-elle.

— Eh bien, je me suis dit, que comme vous êtes malade...

— Non, pas malade, contusionnée.

— Oui, bien sûr. Je pensais vous reconduire chez vous.

— Ce n'est pas là que je vais.

— Ou ailleurs, lui dit-il. Vous montez ou non ?

— D'accord, je viens.

Il lui ouvre la portière.

— Et, comment ça va ? lui demande-t-il en prenant sa valise.

— Le Docteur a dit : « *peut reprendre son travail* », lui répond-t-elle en s'asseyant dans la voiture.

— Qu'est-ce qu'il en sait...., marmonne Dempsey en fermant la portière.

La Jaguar roule dans Londres.

— Wilkins, arrêtez-vous ici deux minutes, dit James Martin à son chauffeur.

La voiture s'arrête et l'homme en descend.

— Après l'aéroport, vous porterez des fleurs où vous

m'avez pris tout à l'heure.

— Avec plaisir Monsieur, répond le chauffeur qui est descendu du véhicule.

James Martin se dirige vers le stand de la fleuriste.

— Bonjour, donnez-moi cinq bottes de tulipes, lui dit-il.

Il sort son portefeuille et tend un billet de cent livres sterling à la fleuriste.

— Je n'ai pas la monnaie Monsieur, je regrette, lui dit-elle.

— Mais, je n'ai rien d'autre.

— La banque qui est juste là, va vous le changer, lui dit-elle.

Il se dirige vers la banque tandis que la fleuriste prépare le bouquet de fleurs. Alors qu'il vient d'entrer dans la banque, trois hommes entrent tenant des sacs noirs à la main, ils prennent place parmi les clients. L'un d'entre eux repère les caméras de surveillance interne. Puis, il fait un signe de la tête à ses deux autres complices.

L'un d'eux s'approche d'un des guichets, à l'aide de la crosse de son arme, il brise la vitre qui sépare les clients des employés derrière leur guichet. Les clients pris de panique se mettent à hurler et certains tentent de fuir.

L'un des braqueurs se saisit d'une cliente et face à l'une des caméras de surveillance :

— Ouvrez ou je la crève ! Dépêchez-vous ! hurle-t-il en braquant son arme sur la tempe de son otage.

Puis, l'un des braqueurs tire dans la caméra de surveillance, tandis que dehors, le chauffeur de James Martin a entendu les coups de feu.

— J'ai dit OUVREZ ! hurle l'homme qui tient la femme en otage.

Le responsable de l'agence sort de son bureau et à l'aide de son trousseau de clés, il ouvre la porte menant aux guichets.

— Dépêchons ! Vous, là-bas, activé ! hurle l'homme qui vient de lâcher son otage.

— Couchez-vous ! hurle l'un des braqueurs en menaçant les clients de son arme.

Dans la Jaguar, le chauffeur prend le téléphone de bord.

— Ici le 5.0.3, passez-moi la police, dit-il.

Dans la banque, les choses s'accélèrent.

— Allez, OUVRE ! hurle l'un des braqueurs.

Le responsable de la banque ouvre le tiroir de l'un des guichets. Il prend les liasses de billets et les mets aussi vite que possible dans un grand sac noir.

— Et pas de signal d'alarme ! Allez, magne-toi, hurle-t-il.

Dempsey et Harriet Winfield sont en voiture, ils se dirigent vers la domicile de la jeune femme.

« *Charlie 5, contrôle à Charlie 5. Attaque de la Banque à King Cross actuellement en cours, en priorité* »

— C'est pour nous, prochaine à droite, dit Harriet.

— On est pas tenu d'y aller, lui répond Dempsey.

— Comment ?

— Vous avez à peine récupéré ! Vous sortez de l'hôpital ! Vous vous prenez pour qui, pour Jeanne d'Arc ?

Harriet prend la radio.

— Charlie 5, en route. Terminé, dit-elle.

Dempsey la regarde.

Dans la banque, les clients sont allongés sur le sol. Une femme a des difficultés à respirer, sa fillette est prise de panique à ses côtés.

— Qu'est-ce qu'elle a ? lui crie l'un des braqueurs.

— C'est son cœur, il lui faut son médicament, lui dit la fillette.

— Reste tranquille ! Ce ne sera pas long, on ne va pas moisir ici !

— Regardez ça ! dit l'homme en pointant avec son arme le poignet de James Martin qui est allongé sur le sol.

— C'est un cadeau, lui répond Martin.

— Ah ouais ? Eh bien, le cadeau est maintenant pour moi ! dit l'homme en retirant la montre du poignet de Martin.

Il l'a met à son poignet.

— Nouvelle répartition des richesses et vive la Révolution ! dit-il.

Une voiture de police suivi de celle de Dempsey arrive sur les lieux.

— Restez dans la voiture ! dit Dempsey à Harriet.

— Comment ça « *Restez dans la voiture* » ? lui répond-t-elle.

— Vous sortez de l'hôpital, vous restez dans la voiture !

— Fichez-moi la paix ! lui dit-elle en descendant du véhicule.

— Un instant, Monsieur, dit le policier descendu de son véhicule en se dirigeant vers Dempsey.

— Police, lui dit Dempsey en lui montrant son insigne. Vous savez ce qui se passe ?

— Non, rien du tout.

— Bon, ils sont toujours là-dedans ?

— Il semble que oui.

Dans la banque :

— Ne relevez pas la tête, compris ? crie l'un des braqueurs aux clients allongés sur le sol.

Les trois hommes se regroupent et regardent le contenu du sac de voyage rempli de liasses de billets de banque.

— Ca y est, allons-y ! dit l'un des braqueurs aux deux autres complices.

Ils ouvrent la porte de la banque pour sortir.

— Des flics ! Y'en a partout ! hurle l'un d'eux.

Ils referment la porte.

— A plat ventre ! Contre le sol ! hurle l'un d'eux aux clients.

Dehors, les policiers s'organisent et prennent position tout autour tandis que Dempsey observe les lieux. Des tireurs d'élite sont sur les toits, la banque est cernée.

— Ah c'est pas croyable, dit Dempsey en rejoignant Harriet. Des tireurs d'élite comme pour une émeute, la panoplie entière ! Pour des petits jeunes qui se préparent pour la troisième guerre mondiale ! D'ailleurs, bientôt ce sera pas satellite …. Ils ont un bel avenir devant eux !

— Pourquoi est-ce qu'on ne fonce pas, Dempsey ?

On brise les vitres et on déloge ces voyous !

— Ce n'est pas une mauvais idée, dit-il en la regardant.

— Je savais que vous le diriez….

— J'en ai une meilleure, dit-il.

Il sort son revolver de son étui et le donne à Harriet.

— Couvrez-moi, lui dit-il.

— Dempsey, je n'irais pas à votre enterrement ! dit-elle tandis qu'il s'éloigne.

Il s'avance vers la banque les bras levés.

— Je suis sans arme ! crie-t-il en ouvrant largement les pans de sa veste.

L'un des braqueurs le regarde son fusil braqué sur Dempsey.

— Je ne suis pas armé ! répète Dempsey. Causons deux minutes, Okay ?

Dempsey s'avance vers la porte de la banque.

— Ne tirez pas ! dit-il aux policiers.

Il est devant la porte. Puis, l'homme ouvre la porte et pointe son arme sur Dempsey.

— Du calme, je suis sans arme ! répète Dempsey. Du calme, je suis sans arme. Bon écoute, on risque d'avoir un problème. Mais, si on discute, on peut peut-être l'éviter. Tu vois ce que je veux dire…Ecoute, ces gars-là dehors sont pas très malins, tu vois ce que je veux dire ….ils ont la gâchette facile.

— On a des otages, lui répond l'homme.

— Dit pas ça ! T'as pas encore d'otages, mec ! T'as quelques badauds, c'est tout ! J'ai pas entendu otages ! Okay ?

— Qu'est-ce que t'as à nous dire ?

— Y'a des spécialistes pour ce genre de choses, super équipés. Ils ont des bombes lacrymogènes, des grenades, des machines, t'imagines même pas ! En ce moment, ils n'ont pas grand-chose à faire, alors s'ils tombent sur une occasion comme celle-là et tu vois ce qui peut arriver, tu piges ? Alors, on peut peut-être discuter avant qu'il y ait vraiment de la casse !

En face d'eux, un des tireurs d'élite, fusil sur l'épaule, arme son viseur dans leur direction, le jeune homme en face de Dempsey le voit. Il tire dans la direction du tireur et Dempsey évite lui aussi d'être la cible. La porte de la banque se referme sous les tirs des policiers pour protéger Dempsey.

La voiture de Spikings s'arrête dans un crissement de pneus et de sirène, tandis que Dempsey se précipite vers le tireur, mais il est ceinturé par deux policiers.

— Crétin ! hurle-t-il. Quel con ! Pourquoi il a tiré !

Imbécile ! crie Dempsey hors de lui. On pouvait s'en sortir sans casse ! Lâchez-moi ! Lâchez-moi ! dit-il en se débattant.

— Dempsey ! s'écrie Spikings en arrivant devant lui. Je vois que vous contrôlez la situation. Ca suffit !

Dempsey remet de l'ordre dans son blouson d'un geste rageur.

— Bon, que se passe-t-il ?

— Demandez-leur ! Ces gars savent tout ! lui répond Dempsey très énervé.

— Trop d'indiens et pas assez de chefs ! Voilà ce que c'est, lui répond Harriet.

— Eh bien moi, je vais vous apprendre quelque chose. A l'intérieur de cette banque, se trouve James Martin.

— Le Président de la Fédération Financière Internationale ? dit Harriet.

— Oui.

— Bon et après ? demande Dempsey.

— Il est comme son titre, important ! C'est pour ça, que je suis ici !

Dans un salon de coiffure à quelques pas, le personnel s'active auprès de ses clientes. Spikings entre et sort son insigne.

— Vous désirez ? lui dit la gérante.

— Superintendant, Spikings. En vertu des pouvoirs qui me sont donnés, je réquisitionne ces lieux pour les besoins de la police.

— Parce que vous êtes ….

— Vous êtes la gérante ?

— Oui.

— Faites cesser ce bruit !

— Arrêtez ça, dit Chase à l'un des membres du personnel.

L'homme éteint la musique et regarde dehors à travers le store vénitien.

— Dites à cette personne de s'éloigner de la fenêtre, dit Spikings en regardant la gérante.

— Rien d'autres ?

— Vous savez, vous feriez bien meilleure impression si vous demandiez « *s'il vous plaît* » ?

— Faites ce que je vous dis, lui répond Spikings.

La gérante se dirige vers ses clientes et les fait quitter son salon.

— Chase, trouvez-moi le téléphone de la banque.

— Vous avez un annuaire ? demande Chase à la gérante.

— Sait-on combien il y a d'agresseurs ? demande Spikings à Harriet.

— Deux ou trois peut-être, lui répond la jeune femme. Quels sont les ordres ?

— Oui, qu'est-ce qu'on doit faire ? demande à son tour Dempsey.

— Dans ces cas particuliers de kidnapping, d'attaque à mains armés où l'agresseur refuse de se rendre, il est statué que la vie des otages passe en absolue priorité.

— Vous venez de vous mettre hors du coup, lui répond Dempsey.

— Pas tout à fait. Je compte sur l'ingéniosité et l'initiative de mes subordonnés pour que la police s'en sorte avec les honneurs de la guerre... Et, quand je dis mes subordonnés, je pense à vous, à vous deux. Alors, qu'est-ce que vous attendez pour partir et pour aller y réfléchir !

Harriet Winfield tourne la tête vers Dempsey.

— Vous avez entendu le boss, faut réfléchir, dit Dempsey en la regardant.

Ils sortent tous deux du salon de coiffure.

Dans la banque, les jeunes malfrats scrutent l'extérieur de la banque, ils n'ont pas l'air très à l'aise.

— Y'a des caméras, tu crois ? dit l'un d'eux.

— Pourquoi ? Tu veux que ta mère te vois au journal du soir ?

Le téléphone sonne.

— Superintendant Spikings. Qui est au téléphone ?

— Peu importe ! On a des mitraillettes ! On a des otages ! Et nous, on a rien à perdre ! C'est clair ?

— Que voulez-vous ?

— Un véhicule jusqu'à l'aéroport et des places d'avion pour l'étranger. Les otages seront libérés à l'atterrissage.

— Terminé ?

— Pour l'instant.

— Bien, notez ce numéro : 5.4.0.1.4.9.2.

— Une dernière chose encore ! Vous avez deux heures !

— Très bien. Je m'appelle Spikings. Je reste en contact.

Les deux hommes raccrochent.

— Qu'est-ce qu'il a dit ? demande l'homme qui a prit la montre de Martin. On se tire de là, pas vrai ? Sinon, on s'offre un petit jeu de massacre !

Dehors, Dempsey établi un plan d'action avec l'aide d'agents qui l'aide à enfiler son matériel d'escalade.

— On va essayer par le toit ! dit Dempsey en regardant Spikings. Ed et moi, entrons en douce et on les prend par surprise.

— Watson ? dit Spikings.

— Oui Monsieur, c'est très faisable.

— Un appel urgent Monsieur, le cabinet du Ministre de l'Intérieur, dit Chase en les rejoignant.

— J'avais bien besoin de ça ! répond Spikings.

— Monsieur, que fait Watson ici ? lui demande Harriet.

— C'est Dempsey qui l'a demandé.

— Pourquoi ?

Spikings la regarde, mais ne répond pas. Elle s'avance vers les deux hommes.

— Que se passe-t-il ici, Dempsey ? lui demande-t-elle.

— Vous avez parlé Sergent ?

— J'ai dit, que se passe-t-il ?

— Watson et moi, allons entrer.

— Pourquoi Watson ?

— Parce que c'est son secteur, voilà pourquoi.

— Pour qui me prenez-vous, Dempsey ?

— Je vous prends pour quelqu'un qui sort de l'hôpital, c'est tout.

— Nous faisons équipe et je viens avec vous.

— Rien à faire. Non, c'est non !

Il la regarde et part rejoindre Watson.

Dans le salon de coiffure, Spikings est au téléphone.

— Puis-je vous rappeler Monsieur le Ministre, qu'en de telles situations tout absolument tout doit être tenté avant de céder ! dit Spikings. Je sais qui est Martin, Monsieur le Ministre, je le sais très bien. Et, je sais qu'il est à l'intérieur. Oui, très clair, Monsieur le Ministre. J'ai parfaitement saisi le message ! répond-t-il agacé.

— Alors, on les laisse filer ? lui demande Chase.

— C'est ce que veut le Ministre.

— Si jamais, il avait idée de rappeler, dites-lui, que je suis parti déjeuner !

Spikings se dirige vers Watson et Dempsey.

— Monsieur, lui dit Harriet.

— Alors, on y va ? demande Dempsey.

— D'accord, lui répond Spikings.

— Monsieur, je demande la permission…

— Refusé ! Vous restez au sol avec moi, lui répond Spikings.

— Vous aussi, vous m'interdisez de monter à l'assaut, lui dit-elle en regardant Dempsey et Watson partir.

— Quand vous et moi nous monterons au front, Sergent. Il y aura suffisamment d'action pour vous tenir occupée.

Dans la banque, l'un des malfrats retire les liasses de billets d'une caisse et les jette sur Martin.

— Je parie que c'est rien pour vous, une telle quantité de fric !

— Cela en vaut-il la peine ? lui répond Martin.

L'homme se baisse et attrape James Martin par la nuque.

— Ca en vaut la peine quand on a rien à perdre ! lui répond-t-il les dents serrées.

Dehors, Watson lance une corde munie d'un harpon sur le toit de l'immeuble d'en face. Puis, lui et Dempsey se préparent à descendre en rappel.

— Ca paraissait pas si haut, vu d'en bas, dit-il.

— Ca fait toujours ça.

— Se jeter comme ça dans le vide, ça me fait plutôt mal au ventre.

— C'est maintenant que tu m'en parles, lui répond Watson.

— Ne t'inquiète pas, ce n'est pas un problème. Faut

dire que j'avais un copain aux Etats-Unis, il était sur le point de sauter et son pied a glissé ….vingt étages. Jamais je n'oublierais ses deux jambes qui tricotaient …, dit-il en faisant le geste de ses deux doigts de la main.

Watson regarde le vide.

— C'est ça le truc de la gravité, une vraie merde, dit Dempsey.

— Dis donc, tu ne veux pas y aller le premier ?

— Ouais, bien sûr.

Dempsey s'élance le premier. La tyrolienne lui permet de rejoindre le toit de l'immeuble d'en face sous les yeux de Spikings et d'Harriet. Puis, il fait signe à Watson de s'élancer.

— C'est le moment de gagner nos positions, dit Spikings à Harriet.

Dempsey et Watson sont sur le toit de l'immeuble où se tient la banque. Watson tient une énorme pince qui lui permet de couper les tubes en acier qui ferme l'accès au toit. Ils soulèvent la grille et font glisser la vitre. Avec une corde, ils se laissent glisser en rappel à l'intérieur. Puis, ils descendent tous deux prudemment les escaliers.

— On est arrivé à l'intérieur. Maintenant, on descend au premier étage, dit Dempsey depuis son talkie-walkie.

« *Bien reçu* », lui répond Spikings.

Watson ouvre la porte de la banque qui donne sur l'escalier. Un coup de feu est tiré dans leur direction, Watson est touché.

— Dempsey ! appelle Spikings depuis son talkie-walkie. Dempsey ! Répondez !

Dempsey tire Watson par son harnais pour le mettre à l'abri.

« Dempsey ! », crie Spikings.

Spikings regarde Harriet.

— Montez et en vitesse ! lui dit-il.

La jeune femme s'élance, son revolver à la main.

« Dempsey ».

— Oui, répond Spikings.

« Watson est touché, je le fais descendre ».

— Bien, j'envoie chercher une ambulance, lui répond Spikings.

L'homme retourne près de son complice.

— Ils ont essayé de nous avoir !

— Qu'est-ce que tu as fait ?

— J'en ai chopé un !

— Bon dieu ! Mais, qu'est-ce qui t'as pris !

— On nous traite comme de la merde ! Y'a pas de véhicule ! Ils se foutent de nous ! s'écrie-t-il. On est de la merde, tu entends ! Pour eux, on est de la merde !

Dans le salon de coiffure, le téléphone sonne, Spikings décroche.

— Oui.

— Vous savez qu'on ne rigole pas maintenant ! Je crois que c'est clair !

— Oui, très clair, en effet.

— Alors, plus de conneries comme celle que vous venez de faire !

— Entendu.

— Il est mort ?

Spikings regarde en direction de l'ambulance.

— Non, dit-il en voyant Watson se diriger à pied vers l'ambulance sa main sur son épaule ensanglanté.

— Maintenant, écoutez ! On veut un véhicule et tout de suite ! hurle l'homme en raccrochant.

Puis, il se dirige vers son complice.

— Il arrive ! lui dit-il pour le calmer. Maintenant, ne t'inquiète pas, il arrive !

— Tu crois ces faux-culs ! Moi, je dis qu'il faut les tuer ! crie-t-il en repoussant son complice.

Dans la salle de la banque, les clients sont apeurés et voit l'homme se diriger vers eux.

Dans le salon de coiffure, Harriet consulte un plan de

la banque et rédige des notes, tandis que Spikings fait les cent pas.

— Je doute de pouvoir prolonger tout ça bien longtemps, dit Spikings à Chase.

Dempsey entre dans le salon de coiffure.

— Pourquoi cet accident ? lui demande Spikings.

— Eh bien, disons que Watson n'a pas regardé là où il fallait. Ceci dit, il faudrait un ou deux hommes de plus.

— Je n'ai pas dit un mot, marmonne Harriet qui a entendu leur conversation.

Un fourgon encadré par des motos de police s'approche. Spikings s'avance vers le véhicule. Il fait signe de la main au conducteur de s'arrêter.

— Restez en stationnement ici et arrêtez votre moteur.

— J'avais l'ordre d'aller jusqu'à la Banque Monsieur, lui répond le chauffeur. Ordre du Cabinet du Ministre.

— Votre nom ?

— Sergent Doll, Monsieur.

— Eh bien, Sergent Doll, vous avez ordre de rester en stationnement ici et d'arrêter votre moteur ! lui répond Spikings.

— Bien Monsieur.

Dans le salon de coiffure, Harriet montre le plan à Dempsey.

— La rue et ici, la banque.

— Et ça là, c'est quoi ?

Spikings entre à son tour.

— C'est une rivière souterraine. Elle est incorporée dans le système de drainage. On sort par cette plaque d'égout située dans le sous-sol de la banque.

— Combien d'hommes vous faut-il ? lui demande-t-il.

— Deux personnes, lui dit-elle.

— Vous pourrez le faire ?

— Bien sûr, lui dit-elle.

— Entendu, vous et Winfield.

— C'est vous le patron, répond Dempsey.

Dans la Banque, l'homme qui a pris la montre de Martin consulte l'heure sur le cadran.

— C'est l'heure maintenant, dit-il.

Il s'avance parmi les clients de la banque qui sont allongés sur le sol.

— Toi, debout ! dit-il.

L'homme se lève, il mesure près de deux mètres. Il lui désigne la porte d'entrée.

— Tu te tiens peinard, lui dit son complice. C'est moi

qui décide ici.

— Maintenant, c'est MOI qui décide ! Et c'est MOI qui commande ici ! lui répond son complice.

L'autre malfaiteur les rejoint.

— Ouvre la porte ! dit l'homme à son otage.

Spikings sort du salon de coiffure au moment où l'otage ouvre la porte de la banque. Il voit les mains de l'otage apparaitre. Spikings sort son arme et recule de quelques pas. Puis, il se met en position de tir au moment où il voit l'otage et derrière lui l'homme qui tient son arme.

— T'arrête pas, dit l'homme à l'otage.

L'otage descend les deux marches les bras levés en l'air. Puis, il avance lentement. Dans le salon de coiffure, Dempsey et Harriet regardent la scène derrière le store vénitien de la fenêtre.

— Avance encore ! dit le malfaiteur.

L'otage se retourne, le visage terrifié. Le malfaiteur l'abat de sang-froid. L'otage s'écroule sur le sol.

— Les salauds ! s'écrie Spikings tandis que deux policiers tirent la victime près d'une voiture.

L'homme qui vient de tuer un otage rentre dans le hall de la banque.

— C'était la seule chose à faire ! Maintenant, ils

savent à qui parler ! dit-il à ses complices.

Dans la salle, les clients sont terrifiés.

Dans le salon de coiffure.

— Vous aves quinze minutes pour neutraliser ces fauves ! Morts ou vifs, je m'en fou ! dit Spikings les dents serrés à Dempsey et Harriet.

Un policier ouvre la grille qui mène au souterrain. Dempsey et Harriet descendent l'échelle, ils sont chaussés de grandes cuissardes de protection et munis de torches électriques. Arrivés en bas, Dempsey déplie la carte tandis qu'Harriet tient la torche électrique. Ils s'avancent tous deux lentement dans le souterrain.

— Comment êtes-vous si calée en rivière souterraine ? lui demande Dempsey.

— J'étais toujours la première en géologie.

— Et en zoologie ? lui demande Dempsey en éclairant de sa torche deux rats.

— Pourquoi cette question ?

— Oh, je disséquais ces petites bêtes quand j'avais treize ans !

— Bon et bien, espérons que l'on rencontrera rien de plus gros, dit-il.

Dans le salon de coiffure, Chase est en pleine discussion au téléphone.

— Oui, Monsieur le Ministre. Je comprends parfaitement, Monsieur le Ministre. Oui, j'ai essayé de le trouver, Monsieur le Ministre, ….

Spikings lui fait signe des deux mains qu'il n'est pas là.

— …. Il y a un bon moment que je ne l'ai pas vu, Monsieur le Ministre. Oui, c'est entendu, je lui en fait part dès son retour, Monsieur le Ministre.

Dans le souterrain, Dempsey se hisse par la plaque d'égout dans la banque.

— La voie est libre, dit-il à Harriet.

Il attrape la main d'Harriet et l'aide à sortir à son tour. Puis, ils retirent leur équipement et s'avancent lentement dans les locaux de la banque.

Dans la banque, l'homme qui a tué un otage fait les cent pas en passant son arme d'une main à l'autre.

— Je vous en prie, aidez-nous ! Maman est malade ! implore la fillette dont la mère est au plus mal.

L'homme jette de rage au sol un support avec de la documentation. Puis, il se dirige vers la mère et la fillette.

— C'est la dernière fois que je te le dis ! Toi la môme, tu vas la fermer ! crie-t-il. Et toi, arrête de geindre ! dit-il à la mère.

— C'est son cœur ! intervient Martin. Vous ne voyez pas qu'elle est gravement malade !

— Ce sera encore plus grave pour toi quand tu seras mort, Rockefeller !

Dempsey et Harriet se rapprochent de la pièce où se trouvent les otages. Ils avancent prudemment leur revolver à la main. Dempsey se rapproche et aperçoit les otages derrière la vitre de la porte.

— Arrête de chialer ! hurle l'homme.

La mère tente de se relever, mais elle s'effondre sur le sol, la fillette se jette sur sa mère.

— Je compte jusqu'à trois, dit Dempsey à voix basse à Harriet. Je prends les deux à gauche et vous celui qui est contre le mur. Prête ?

Elle lui fait signe que « *oui* » de la tête.

Dempsey donne un grand coup de pied dans la porte.

— Police ! hurle-t-il.

— Non, ne tirez pas ! crie l'un des malfaiteurs en s'accroupissant sur le sol.

— Arrière, jette ton arme ! crie Dempsey à l'un des malfaiteurs.

— Je la tue ! hurle l'homme qui a tué un otage et qui a pris la mère de la fillette comme bouclier humain.

— Tue-là ! Et la seconde d'après, je te descends ! hurle Dempsey en pointant son arme vers lui.

— Fous-moi le camp ! Fous-moi le camp ! hurle l'homme.

— Cette femme doit être conduite à l'hôpital, sinon elle mourra ! s'écrie Martin qui tente de retenir la fillette.

— Tant pis, elle va claquer de toute façon ! hurle l'homme.

— Tenez, prenez ça ! dit Harriet à Dempsey en lui donnant son revolver.

— Quoi ?

— N'avancez pas où je tire ! hurle l'homme.

— Allez, lâchez-là ! dit Harriet.

— Vous êtes dingue ! lui dit l'homme.

— Winfield ! Qu'est-ce que vous faites ! fulmine Dempsey.

— Prenez-moi à sa place et lâchez-là, dit Harriet à l'homme. Il lui faut un médecin, laissez-moi prendre sa place.

— Winfield ! répète Dempsey.

— Vous savez, j'ai des amis là dehors qui ne veulent pas que je meure. Ca tombe sous le sens ! Vous voyez bien qu'elle va très mal, amenez-là nous.

— C'est à vous d'approcher ! lui répond l'homme.

— Et la fillette aussi, lui dit Harriet.

— Non, la gosse reste ici !

— Restez tranquille, dit Martin à la fillette qu'il a du mal à retenir près de lui.

Harriet s'avance lentement, l'homme pousse la femme souffrante et attrape Harriet.

— Sortez-là ! crie Harriet à Dempsey.

— Winfield ! répète Dempsey furieux.

Il range son arme dans son étui et aide la femme à se relever. Puis, ils sortent tous deux de la banque.

— Ne tirez pas ! Je sors avec l'un des otages ! Ne tirez pas ! hurle Dempsey.

Il conduit la femme jusqu'à une voiture de police où un des agents vient l'aider. La voiture part toute sirène hurlante. Dempsey rejoint Spikings dans le salon de coiffure.

— Qu'est-ce qui s'est passé ? lui demande Spikings.

— Winfield s'est échangé contre la femme ! s'écrie Dempsey très énervé.

— Maintenant, nous avons l'un des nôtres à l'intérieur et une femme malade dehors.

— C'est complètement idiot ! s'écrie Dempsey.

— Elle tenait à faire ses preuves à cause de vous ! lui répond Spikings.

Spikings sort du salon et laisse Dempsey seul.

A la Vanguard Bank, l'un des malfaiteurs vérifie le chargeur de son arme. De son côté, Harriet Winfield essaie de réconforter la fillette.

— Allez Rockfeller, debout ! dit l'homme qui a tué un otage.

James Martin tourne la tête et le regarde. Puis, il se lève.

— Assieds-toi ! lui dit l'homme.

Martin regarde la chaise et s'assoit.

— Debout ! dit l'homme.

Martin se lève.

— Assied-toi ! crie l'homme.

Martin s'assoit.

— Debout ! crie l'homme.

Martin se lève.

— Alors, quel effet ça fait d'être rien du tout ! lui crie l'homme.

Il ouvre le veston de l'homme et prend son portefeuille.

— C'est bien ce que je pensais. Tu as plus de fric ici que dans toute la banque !

Il attrape James Martin par la nuque et le pousse à

terre. Martin se rassoit près de la fillette.

— Ne bouge pas, dit Harriet à la fillette.

Puis, elle regarde Martin.

— Monsieur Martin, dit-elle à voix basse. La police sait que vous êtes ici.

— Je commencerais à m'inquiéter quand eux, sauront que je suis là, dit-il.

— Ils ne sauront rien, lui dit Harriet.

— Ils le sauront vite s'ils regardent dans mon portefeuille.

Dehors, le bus est prêt à avancer, il est encadré par des motos de police.

— Oui, dit Chase en décrochant le téléphone. Est-ce que vous êtes là pour le Premier Ministre ? demande Chase à Spikings.

— Euh non, je suis sur le toit de l'immeuble….

— Il est impossible à joindre pour l'instant. Oui, je lui donnerais le message, Monsieur.

Il raccroche le téléphone.

— Il a dit très nettement…

— Je sais ce qu'il a dit ! l'interrompt Spikings.

Spikings regarde en direction de la banque tandis que Dempsey mange une pomme.

— Il faut que vous les laissiez sortir d'ici, dit Dempsey.

— Si je le fais, nous allons nous trouver confronté avec des vagues de prise d'otages sans précédent. Chaque petit terroriste nous taxera de laxiste et voudra profiter de la situation, lui répond Spikings.

— Si vous refusez, ils la tueront.

A l'intérieur de la Banque, l'ambiance est électrique.

— Tu t'es gourré Ramsay, tu as dit que ce serait facile et que ce serait sans risque ! Tu l'as dit et redit ! Tu t'es gourré !

— La ferme ! lui répond celui qui était visiblement le commandeur.

Puis, il regarde l'homme qui a tué un otage.

— Harvey ! Harvey !

Il se dirige vers Harriet.

— Debout ! lui dit Harvey l'homme qui a tué un otage.

Il l'attrape et se sert d'elle comme bouclier.

— Harvey, non ! lui crie son complice. Harvey !

Mais l'homme se dirige vers la porte d'entrée de la banque. Il l'ouvre et Harriet apparait en premier avec derrière lui et la tenant en protection, Harvey son fusil sur la tempe de la jeune femme.

— Attendez ! crie Dempsey.

Il s'avance en courant vers eux.

— Non ! Attendez ! crie-t-il. Vous avez le véhicule, c'est ce que vous vouliez ! Où il est ce bus ! Qu'il approche, non de dieu ! hurle Dempsey.

Harriet le regarde, elle se cramponne au bras du malfaiteur qui lui enserre le cou. Les policiers montent sur leurs motos pour ouvrir la voie au bus qui démarre. Le cortège se positionne devant la banque.

— Le voilà, votre véhicule ! crie Dempsey.

Harvey rentre à reculons dans la banque entrainant avec lui Harriet.

— Vous voyez le résultat quand on se laisse pas marcher sur les pieds ! Fait-les lever !

— Allez, debout ! Debout ! crie Ramsay qui est maintenant le second d'Harvey. Dépêchons, dépêchons ! Direction la porte !

Le groupe d'otages se dirige vers la porte pour rejoindre le bus. Ramsay ramasse le portefeuille de Martin. Les deux hommes se regardent. Puis, Ramsay met le portefeuille dans la poche de son blouson et regarde Martin en souriant.

— Restez bien ensemble ! crie Harvey tandis qu'il

ouvre le cortège en tenant Harriet comme protection.

Le groupe monte dans le bus.

— Avance toi ! crie Harvey en poussant Harriet à l'intérieur du bus.

— Vient ma chérie, dit Harriet en attrapant la fillette pour l'assoir à côté d'elle.

— Assis ! Assis ! hurle Ramsay.

Il plaque Martin sur un siège.

— On a un sacré bol que vous vous soyez trouvé dans la banque !

— Ce n'est pas mon opinion, lui répond Martin.

— Pour nous, vous êtes notre garantie ! Tant qu'une « *huile* » comme vous est dans la ligne de tir, nous on risque rien !

Spikings s'approche de la porte du bus restée ouverte. Il regarde Harriet qui a le fusil d'Harvey braqué sur elle.

— N'essayez rien, Monsieur Spikings ! crie Ramsay. Sinon, votre protégé aura une balle dans la tête !

Il lance le portefeuille de James Martin à Spikings. Celui-ci l'attrape tandis qu'une photo de la compagne de Martin tombe sur le sol. Martin voit la photo.

— Vous êtes libre, on vous conduit à l'aéroport, dit Spikings en regardant Ramsay.

— Vas-y ! dit Ramsay au troisième malfaiteur qui s'est assis à la place du conducteur.

L'homme met le contact et le bus démarre, il est escorté de motos de police positionnées devant et derrière le bus.

— Le car prend cet itinéraire jusqu'à l'aéroport, dit Chase en montrant une carte à Spikings. On peut les devancer en coupant par ici.

— Allons-y ! Où est Dempsey ? dit Spikings.

— Sa voiture est encore là, lui répond Chase en désignant le véhicule de Dempsey.

— Qu'est-ce qu'il est encore en train de fabriquer ? dit Spikings en montant dans sa voiture.

Le bus et ses otages est en route pour l'aéroport. Sur l'autoroute, il est encadré par des motos de police toutes sirènes hurlantes qui sont positionnées devant et derrière le véhicule.

— Y'en a encore pour combien de temps, Ramsay ? demande le malfaiteur qui conduit le bus.

— Une bonne vingtaine de minutes !

— Et après ? Où est-ce qu'on va ?

— En Espagne ! Y'a pas d'extradition en Espagne !

— Non ! Ma tante Doris y est allée !

— Quoi, en Espagne ?

— Elle a détesté !

— Ta tante Doris ne se baladait pas avec un matelas de billets ! D'accord, j'ai pas raison, Harvey ?

— Et comment, ouais !

La voiture de Spikings roule à vive allure.

— Les voilà ! dit-il en désignant le fourgon.

L'un des policiers à moto se rapproche du bus. Harriet le regarde, l'homme baisse ses lunettes de protection : c'est Dempsey ! Il lui fait un clin d'œil. Puis, il se rapproche du bus et tente de s'agripper à l'échelle extérieure.

— Mais, qu'est-ce qu'il fabrique ! dit Spikings ne sachant pas que c'est Dempsey.

Dempsey se lève de dessus sa moto, il se rapproche davantage du bus et attrape l'échelle. Sa moto est déséquilibrée et va finir sa course sur le bas-côté de l'autoroute. Dempsey monte à l'échelle qui se trouve à l'arrière du bus et James Martin qui l'a vu tente de capter l'attention des malfaiteurs.

— Ecoutez-moi, je crains que vous n'ayez pas pensé à tout, leur dit-il. Que croyez-vous qu'il va se passer une fois à l'aéroport ? Vous pensez qu'on va vous laisser filer ?

— Toi Rockefeller ! Tu l'a ferme ! hurle Ramsay en l'attrapant par sa cravate.

Dehors, Dempsey a réussit à se hisser sur le toit du bus. Il défait la sangle de son casque et s'en débarrasse en le jetant sur le bas-côté. Il saute par-dessus une issue de secours en verre sur le toit. Le bruit attire l'attention des otages et des malfaiteurs.

— Qu'est-ce que c'est ? dit Ramsay.

— Qu'est ce qui se passe ? demande le conducteur.

— Y'a quelqu'un sur le toit ! crie Ramsay en s'avançant dans le bus, son arme à la main.

Sur le toit du bus, Dempsey continue d'avancer et il est presque à hauteur de la cabine du conducteur. Harvey tire à travers le toit du bus. Le conducteur freine brutalement et Dempsey s'accroche comme il le peut aux barres extérieures pour ne pas chuter sur le sol. Un des policiers à moto ne peut éviter le bus et se heurte brutalement à l'arrière.

— Merde ! s'écrie Spikings.

Dans le bus, Harriet se précipite sur Harvey et tente de lui prendre son arme. Ramsay les regarde et ne sais sur lequel tirer. Il hésite et tire, mais la balle lui revient et il s'écroule sur un siège. Dempsey fait irruption dans le bus et descend le conducteur. Harvey lance son poing dans le visage d'Harriet. Dempsey se retourne au moment où Harvey frappe Harriet pour la seconde fois, il l'abat d'une balle. Il relève Harriet qui se jette dans ses bras.

— Cette fois, c'est fini, lui dit-il en la tenant dans ses bras.

Harriet Winfield est allongée sur un lit à l'hôpital. Un homme en blouse blanche se tient près d'elle. Il prend son poignet et contrôle son pouls en regardant le cadran de sa montre. Elle ouvre les yeux, elle a un large pansement sur le côté droit de son visage. L'homme se penche, il porte un masque de chirurgien et pose son stéthoscope sur la poitrine d'Harriet. Elle le regarde et tourne la tête vers lui. Puis, elle baisse le masque de chirurgien et voit : Dempsey qui lui sourit. D'un geste de la main elle retire le stéthoscope sur sa poitrine.

— Vous avez passé l'âge de jouer au docteur, Dempsey ! lui dit-elle agacée par son attitude.

— Ma maman voulait que j'en sois un.

— Ah bon ? J'avais donné des instructions précises pour qu'on ne vous laisse pas entrer dans ma chambre ! dit-elle en remontant le drap sur elle.

— Oh bah je sais bien ! Regardez ce que j'ai dû faire pour y arriver ! dit-il en retirant son bonnet de chirurgien.

— C'est absolument pathétique ! Maintenant, allez-vous en !

— Enfin, voyons pas de panique ! Pourquoi vous énerver comme ça...

— Parce que j'ai une rechute à chaque fois que vous venez me rendre visite à l'hôpital !

— Allons, soyons sérieux ! Je voulais juste savoir comment vous alliez !

— Très bien ! Maintenant, allez-vous en !

— C'est bon, c'est bon ! Je m'en vais ! Oh lala ! Ah, j'oubliais, c'est pour vous !

Il lui lance une rose qui atterrit sur elle, puis il quitte la chambre. Harriet prend la rose rouge dans sa main.

— C'est une vraie..., dit-elle en souriant.

FIN

KAY J. WAGNER

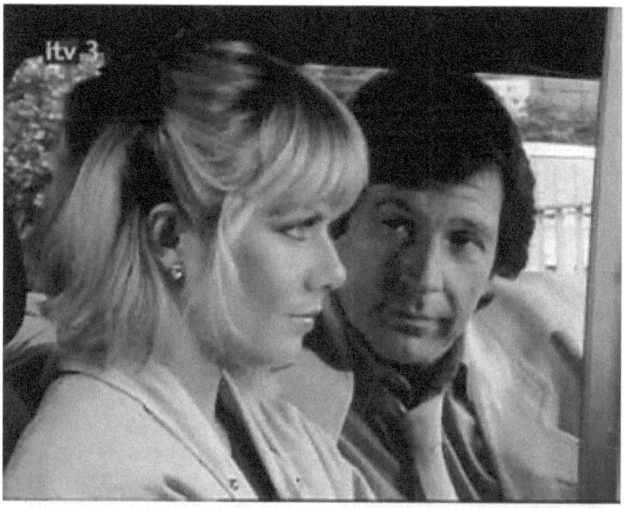
itv 3

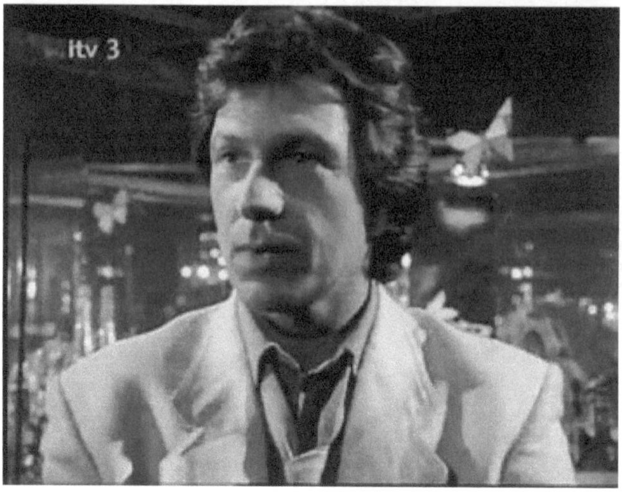
itv 3

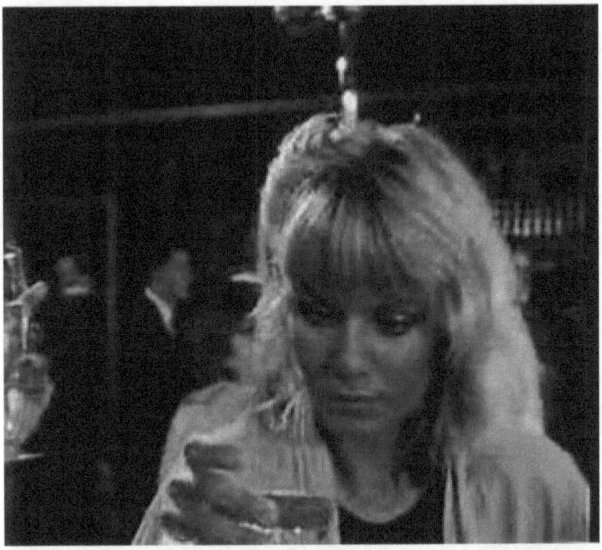

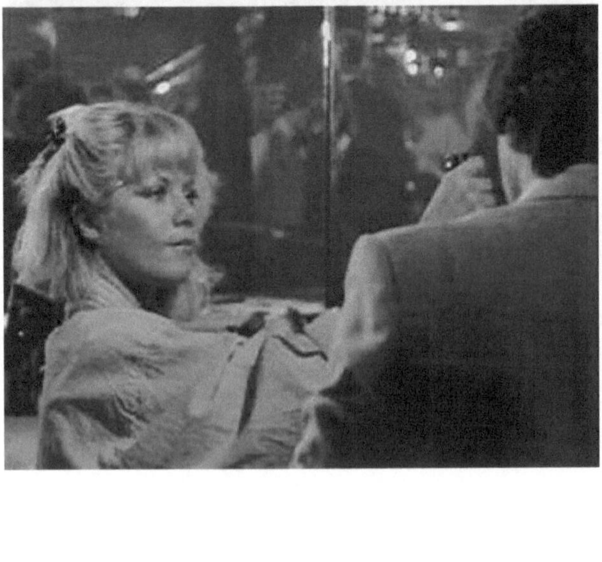

Saison 2 – Episode 5 : « Tequila »

Résumé : « *Dans un quartier louche, Dempsey et Harriet sont en planque devant un magasin. Ils attendent un homme, Sims, qui arrive déguisé en poulet. Ils pensent qu'il pourrait leur donner des informations sur un truand nommé Sid Lowe. Le propriétaire du magasin, Stavros, téléphone à Lowe, qu'il paye pour qu'il « assure sa protection ». Alors que Sims est menotté à une carcasse de fourgonnette, une voiture arrive, un homme en descend, présente les excuses de Sid à Sims et le tue......* »

Dempsey et Harriet Winfield sont en planques dans leur voiture. Devant eux, des enfants jouent au ballon sur un terrain vague.

— Vous êtes sûre de pouvoir reconnaitre cet homme ? demande Dempsey à Harriet.

— Oh oui certaine. Je le trouve assez caractéristique, lui dit-elle.

Un homme déguisé en poulet s'avance vers les

enfants qui se précipitent vers lui en courant. Harriet regarde Dempsey tout sourire. L'homme distribue des bonbons aux enfants qui crient d'excitation autour de lui.

— Je refuse d'arrête ça, dit Dempsey en regardant Harriet.

— Mais pourquoi ? lui demande-t-elle.

— J'ai une réputation à sauvegarder, lui répond Dempsey.

Les enfants sont tout autour de l'homme déguisé en poulet.

— Poule ? dit une fillette.

— Où poulet ! dit un jeune garçon.

— T'es une poule ou un coq ? demande-t-il.

Dempsey et Harriet Winfield sont descendus de voiture, ils se dirigent vers eux.

— Sims ! Sims ! dit Dempsey en s'approchant de l'homme.

— Police ! dit Harriet en sortant son insigne.

— Sims, on sait que tu te caches là-dessous ! dit Dempsey.

Les enfants sont autour d'eux.

— Reculez les enfants ! leur dit Dempsey.

L'homme déguisé en poulet sort un petit couteau. Mais, Dempsey le désarme d'un coup de pied. Puis, il lui lance un coup de poing et le volatile tombe sur le sol.

— Qu'est-ce que c'est que ce chahut ? dit un commerçant en sortant de son petit magasin.

— Vous faites commerce de volaille ? Ce gros-là voulait s'échapper ! lui crie Dempsey qui tient le volatile par le bras.

L'homme rentre aussitôt dans sa boutique. Pendant ce temps, Harriet a retiré le haut du costume qui recouvrait la tête de l'homme.

— Cot, cot, cot….Sims ! Notre petit doigt nous a dit que vous auriez des renseignements utiles sur Sid Lowe, dit-elle.

L'homme tente de s'échapper, mais Dempsey le retient par le bras. Il attrape la queue du poulet qui fait des cercles pour la plus grande joie des enfants, ce qui faire rire Harriet.

— Allez chercher la voiture avant que je ne lui torde le cou ! hurle Dempsey à Harriet.

Dans sa boutique, le gérant est au téléphone.

— Ici Stravos, Monsieur.

— Ah oui, qu'est-ce qui se passe ? répond l'homme à l'autre bout du fil.

— Je croyais vous payer pour que vous nous protégiez !

— Quel est le problème ?

— Je ne sais pas, peut-être la police ! Ils veulent de l'argent !

— Très bien, on va s'en charger.

Dehors, Dempsey attache Sims toujours déguisé en volatile à la portière d'une vieille camionnette à l'aide de menottes.

— Charlie 5 à contrôle, dit Harriet à la radio de sa voiture.

— Soit sage mon poulet ! dit Dempsey à Sims.

Il se dirige vers la boutique et entre. Une voiture blanche avec deux hommes arrive et s'arrête. Un homme descend et se dirige vers la veille camionnette, il tient un revolver muni d'un silencieux à la main.

— Sid s'excuse, faut pas lui en vouloir !

Il tire à deux reprises sur Sims. La voiture démarre dans un crissement de pneus ce qui attire l'attention d'Harriet. Dempsey sort précipitamment de la boutique, son arme à la main. Harriet et Dempsey s'élancent tous deux, Dempsey se met en position et tire sur la voiture.

Dempsey est dans le garage où l'on inspecte la voiture sur laquelle il a tiré.

— Alors, toujours rien ? Ce doit être sous le siège

quelque part, dit-il. Je vous l'ai dit, quand la bagnole a pris le virage, la balle que j'ai tiré est entré ici, dit-il en désignant l'aile arrière du véhicule. Elle doit obligatoirement être quelque part par ici !

— Comment avez-vous eu l'information au sujet de Sims ? demande Spikings à Harriet qui entrent tous deux dans le garage.

— Vers quatre heures du matin, lui répond Harriet.

— Qui était cet homme ? leur demande Spikings.

— Un truand utilisé par Sid Lowe pour le vol des feuilles du personnel de l'usine, il y a environ deux ans.

— Notre ami, Monsieur Sid Lowe, aurait du écoper de la perpétuité pour ce coup-là, répond Spikings.

— Oui, donc Sims traversait une mauvaise période, c'est justement ce genre d'individu…

— Prêt à trahir père et mère si on insiste un petit peu, dit Spikings.

— Je suis sûr pourtant, dit Dempsey en regardant la voiture. Ecoutez, la balle a du dévier par ici.

— En tous cas, nous allons pouvoir à présent épingler cet individu ! dit Spikings.

— Il aura pris un homme de main, dit Harriet.

— Exactement.

— Oui, c'est quoi ça ? dit Dempsey.

Il tient dans sa main la balle qu'il a tiré sur la voiture.

— Regardez ça, c'est ce que je disais. J'avais raison oui ou non ? Cela prouve que c'est bien la voiture !

— D'ailleurs, tout cela était-il vraiment nécessaire, Dempsey ? lui demande Spikings.

— Ce type de voiture est très courant.

— Elle a été volée à un revendeur à six cent mètres d'ici, dit Harriet.

— Quand ?

— Juste avant qu'on ait tiré sur Sims, quelques minutes avant.

— Quelqu'un à la boutique a dû contacter Sid Lowe, dit Spikings.

— C'est un quartier où on se tient les coudes, lui répond Dempsey.

— Tous unis par une seule chose : la peur ! La peur de Sid Lowe, répond Spikings.

Une Jaguar s'arrête devant la boutique. Stravos est occupé à faire cuire des steaks hachés sur le grill. Il se retourne et voit Sid Lowe. L'homme entre dans la boutique suivit de deux de ses hommes. Quelques clients sont installés à des tables. En les voyant, les clients quittent leurs tables.

— Monsieur Lowe, je suis content de vous voir, dit Stravos.

Il retourne derrière le comptoir et prend une boite en inox. Il prend des billets qu'il tend à Sid Lowe.

— Ca marche les affaires ?

— Je ne me plains pas.

— Tu n'as plus de problèmes avec les jeunes voyous de l'autre jour ?

— Non, grâce à vous Monsieur Lowe, ils sont partis.

— Intéressant ça, lui dit Sid Lowe un sourire au coin des lèvres.

— Vous voulez un petit café ou une limonade ? Des frites, peut-être ?

— Je trouve que tu baisses côté mémoire, Stravos, lui répond Sid Lowe.

— Mémoire ?

— Oui.

L'un des hommes de Side Lowe rejoint Stravos derrière le comptoir.

— Je ne comprends pas.

— Allons, voyons ce coup de téléphone que tu m'as donné tout à l'heure.

— Je n'en ai parlé à personne.

— Non, tu ne l'as jamais connu. Ca tu sauras

sûrement t'en souvenir.

— Oui, bien sûr.

— Tu pourrais toujours t'attacher un bout de chiffon au doigt pour être bien sûr de ne pas oublier.

— Je n'oublie pas.

— L'ennui, c'est que le bout du chiffon peut tomber. C'est vrai, vu le travail que tu fais, ça peut arriver.

— Monsieur Lowe, faut pas vous inquiéter.

— Non, ce qu'il te faut, c'est quelque chose qui te fera te rappeler pendant très très longtemps.

L'homme derrière Stravos lui plonge la main dans l'huile de friture bouillante.

Dempsey et Harriet se garent dans une rue très populaire. Un jeune s'appuie sur la portière d'Harriet.

— Excusez-moi, lui dit-elle gentiment.

— Eh là, reculez-vous ! Pas touche à cette bagnole, compris ? dit Dempsey au groupe de jeunes.

Ils entrent dans un pub dont la pièce centrale est une piste de roller. L'espace ressemble à une boite de nuit, avec de la musique tandis que des jeunes dansent en roller, d'autres sont installés au comptoir.

— Salut ! dit Harriet tout sourire à un jeune qui lui fait un petit signe de la main en passant près d'eux en roller.

— Qui est-ce, vous le connaissez ?

— J'ai oublié comment il s'appelle, lui dit-elle.

— Quoi ?

La musique est entrainante et ils se faufilent jusqu'au bar.

— Est-ce qu'il est là ? demande Dempsey à Harriet.

— Pas encore.

— Comment le savez-vous ?

Elle lui fait un petit signe de la tête, qu'elle le sait.

— Donnez-moi une bière, dit Dempsey au barman. Qu'est-ce que vous prenez ? demande-t-il à Harriet.

— Une tequila sunrise, lui dit-elle.

La double porte d'accès à la piste s'ouvre et un homme entre lentement. Tous les regards se posent sur lui et la salle applaudit. L'homme est petit, bedonnant, il porte une moustache et est habillé de cuir, il ressemble à un biker. Dempsey le regarde tandis qu'Harriet a le sourire au coin des lèvres. L'homme s'avance tandis que les danseurs viennent le saluer d'une tape sur le dos. Il arrive près de Dempsey et Harriet en roulant des mécaniques.

— Salut Jock, lui dit-elle.

— Ca fait un bail. Alors quoi de neuf ? lui répond

l'homme.

— Oh, pas grand-chose. Que devenez-vous ?

— Je bosse terrible !

— Qui c'est ? demande Jock en regardant Dempsey.

— Un ami.

— Un ami ou un collègue ?

— Les deux.

— La tête ne me revient pas, dit Jock en secouant la tête.

— Je vois ce que vous voulez dire. Pas de problème ! lui répond Harriet.

Dempsey retire ses *Rayban* et regarde Jock.

— Non ?

— Non, lui dit Dempsey.

— Ca, c'est à moi d'en juger, mon pot ! dit Jock en regardant Dempsey.

Dempsey remet ses *Rayban*.

— Jock, nous avons besoin de renseignements, au sujet d'un homme déguisé en volatile qui s'est fait descendre près du snack, dit Harriet.

— Quel genre d'infos ?

— Tout ce que vous pouvez savoir.

— J'ai à faire dans le coin aujourd'hui. Retrouvez-moi au bar vers six heures, six heures et demi.

— On vous remercie, lui dit Dempsey.

— Dites donc, je promets rien, rien du tout ! dit Jock en regardant Dempsey.

— Pas de problème, Jock ! lui dit Dempsey.

Jock s'avance vers Dempsey.

— Si je ne vous ai pas démoli le portrait, c'est parce qu'elle est là ! dit Jock.

— Ne me quittez pas ! dit Dempsey en se rapprochant d'Harriet.

Jock marche dans la rue, une Jaguar avance derrière lui, c'est Sid Lowe. Une voiture arrive en face de lui à petite allure. Jock se retourne et regarde Sid Lowe qui descend de voiture. De l'autre voiture en descend un homme.

— Scotti, j'ai l'impression que tu as été trop bavard, lui dit Sid Lowe.

L'un des hommes de main de Sid Lowe s'avance vers Jock qui lui expédie un coup de pied entre les jambes. Puis, il expédie un coup de poing dans le visage de Sid Lowe. Mais, l'un des hommes le ceinture.

Dempsey et Harriet Winfield arrivent au point de rendez-vous donné par Jock. Ils descendent de voiture et font quelques pas quand une Mercedes arrive à toute vitesse et ralentit près d'eux. La portière arrière s'ouvre et Jock est éjecté. Dempsey sort son arme et tire sur la voiture tandis qu'Harriet se précipite vers Jock qui est mal en point. Il a le visage tuméfié et porte de nombreuses blessures.

— Vous êtes de beaux salauds ! leur dit-il.

— J'appelle une ambulance, dit Dempsey.

Harriet fait les cents pas dans le couloir d'un l'hôpital, tandis que Dempsey lit le journal.

— Y'a pas de quoi s'inquiéter, des types comme lui récupèrent en un rien de temps ! Ce genre de type est indestructible ! dit Dempsey.

Une infirmière arrive tenant un dossier à la main.

— Sergent Winfield ? dit-elle.

— Oui, répond Harriet en rejoignant le comptoir de la réception.

— « *Jock* », service des urgences, nous n'avons pas le nom de famille, dit-elle.

— Il n'en a pas. Enfin, nous l'ignorons, dit-elle.

— Je vois.

— Comment va-t-il ?

— Vous le verrez tout à l'heure. Je ne peux rien indiquer sans doute concernant les proches parents ?

— Non.

— Une dernière question. Les frais supplémentaires pour la chambre individuelle sont payés par Harriet Winfield, c'est vous ?

— Oui, c'est exact.

— Toutes les factures seront donc envoyées à votre adresse personnelle et non à Scotland Yard.

— Oui, je vous ai donné mon adresse bancaire.

Dempsey regarde Harriet, leurs regards se croisent.

— Parfait, c'est bien votre signature ?

— Oui, c'est la mienne.

— Bon, c'est tout ce qu'il me faut pour l'instant. Si vous voulez bien me suivre.

Dempsey et Harriet suivent l'infirmière.

— Il est sous calmants, ce qui le fait paraître beaucoup plus mal qu'il ne l'est en réalité.

— Comment est-il ? demande Dempsey.

— Il s'en sortira, mais il souffre beaucoup. On s'est vraiment acharné sur lui.

— Et sa main ? demande Harriet.

— Ecrasée à coup de marteau, lui répond l'infirmière.

Dempsey et Harriet entrent dans la chambre d'hôpital tandis que l'infirmière referme la porte sur eux.

— Jock, Jock, vous m'entendez ? lui dit Harriet.

— C'était le gang de Lowe, pourquoi vous m'avez pas prévenu ? dit-il d'une faible voix.

— Je sais et je vous dois des excuses. J'aurais dû vous le dire et j'ai commis une erreur, lui dit Harriet.

— Jock, Jock ! dit Dempsey. Est-ce que vous avez appris quelque chose au sujet de Sims ?

Harriet se retourne et regarde Dempsey.

— Vous ..., dit Jock.

— Quoi ? dit Dempsey en regardant Jock.

Jock tourne la tête vers sa table de nuit.

— Vous voulez quelque chose ? lui demande Harriet.

— Nan !! dit-il.

Il prend ses lunettes de soleil et les mets sur son nez. Puis, il tend la main vers la table de nuit.

— Vous voulez de l'eau ? lui demande Harriet.

— Oui.

Elle prend le pichet d'eau et remplie le verre qu'elle tend à Jock. Il se saisit du verre et lance le contenu au visage d'Harriet.

Dempsey raccompagne Harriet chez elle. Il se gare sur le terre-plein juste derrière la voiture de la jeune femme.

— Vous allez vous reposer, hein ? lui dit Dempsey.

— Oui, lui dit-elle.

— Je crois que c'est nécessaire.

— Moi aussi. Merci, lui dit-elle.

Elle détache sa ceinture de sécurité et descend de voiture. Elle monte les quelques marches devant son perron et regarde la voiture de Dempsey s'éloigner. Puis, elle redescend et se dirige vers sa voiture, elle ouvre la portière met le contact et démarre.

Au moment où elle s'apprête à quitter le terre-plein, Dempsey arrive à reculons devant sa voiture. Ils se regardent mutuellement. Il descend de voiture et rejoint celle d'Harriet.

— Où allez-vous ?

— Chez la crémière, chercher du lait.

— Je viens avec vous.

— J'ai à faire plusieurs autres courses.

— Très bien.

— Je voudrais être seule un moment, dit-elle en le regardant.

— Je ne vous quitterais pas, ne fut-ce qu'une seconde.

— Votre voiture barre la route.

— Oui, je sais. Vous devriez la prendre, elle est plus

confortable.

— J'ai envie de conduire.

Dempsey lui tend les clés de sa voiture.

— Elle est à vous !

Sid Lowe et l'un de ses hommes sortent d'une boutique, les deux hommes se dirigent vers la Jaguar garée un peu plus loin. Harriet Makepeace et Dempsey sont garés non loin.

— On peut rentrer maintenant ? demande Dempsey.

Harriet met le contact et démarre.

— J'crois que non, hein ?

La Jaguar s'arrête sur le parking d'un restaurant. Sid Lowe et son homme de main entrent dans l'établissement. Harriet rejoint le parking et se gare à son tour.

— Si on avalait quelque chose dans un chinois ? propose Dempsey.

Harriet détache sa ceinture de sécurité et descend de la voiture.

— Non, vous n'aimez pas le chinois, hein.

Dempsey descend de sa voiture à son tour. Harriet entre dans le restaurant, elle est suivie de Dempsey. Elle se dirige vers la table où est installé Sid Lowe. Elle prend une chaise et s'installe en face de l'homme.

— Vous avez commis cette fois, une grave erreur

Lowe, lui dit-elle.

— Moi, une erreur ? dit l'homme en ne levant pas le nez de la carte des plats.

— Ce que vous avez fait à Jock.

— Jock ? On ne connait personne qui s'appelle comme ça, dit-il en regardant son homme de mains.

— Il était inutile de l'esquinter, lui dit-elle.

— Ce serait pas Ecossais, par hasard ? Parce que peut-être que vous faites allusion à ce dingue qui m'a agressé sauvagement en pleine rue cet après-midi devant deux témoins par-dessus le marché !

— Celui-là, c'était Sims.

— Et en quoi ça vous regarde ?

— Parce que c'est un ami.

— Ah oui ?

— Cette fois, je vous le répète. Vous êtes allé trop loin.

— Comment ça ?

— Parce que je ne vais pas arrêter de vous empoisonner la vie, 24 heures sur 24, jour après jour, semaine après semaine, mois après mois, jusqu'à ce que cela devient l'enfer et que vous craquiez !

— Vous y tenez vraiment beaucoup on dirait à ce petit écossais de merde !

— Il a une main dont il ne pourra plus jamais se servir !

— Ecoutez Sergent, si vous y tenez tant que cela, pourquoi ne pas essayer de faire un peu son éducation, lui apprendre les bonnes manières, quelque chose dans ce genre.

— Oui, ça ne lui ferait pas de mal ! dit son homme de mains.

— Ca pourrait toujours lui servir de prendre des leçons de violon. Quelle main a-t-il d'écrasé, déjà ?

— Aucune importance, on lui attachera au manche du violon avec une ficelle, dit son homme de mains.

Les deux hommes se mettent à rire. Harriet se lève et se dirige vers la table derrière elle.

— Excusez-moi, dit-elle en prenant l'assiette de pâtes de la cliente.

— Je vais fêter ça avec une assiette de spaghettis à la bolognaise, dit Sid Lowe.

Harriet jette le contenu de l'assiette de pâtes au visage de Sid Lowe. L'homme de mains se lève d'un bon tandis que Dempsey est prêt à bondir sur eux. Les deux hommes se regardent.

— Vous ne comprenez pas mon message, dit-elle.

Elle prend une cuillère à soupe de parmesan et en

soupoudre le crâne de Lowe.

— Et comme ça ? dit-elle.

Dempsey entraine Harriet hors du restaurant.

— Mais, qu'est-ce qui vous a pris tout à coup ? Non, mais vous êtes devenue folle ? Vous lancez de la nourriture à la tête d'un type pareil ! Non, mais, ça ne va pas, non ! s'écrie Dempsey.

Harriet marche sur le parking, Dempsey sur ses talons.

— Non, mais j'ai une meilleure idée ! Vous voulez le démolir, lui rendre la vie impossible ! Vous voulez voir sa peau ! Alors, voilà sa voiture ! Dégonflez-lui ses pneus ! Allez-y ! Non, attendez, j'ai encore une meilleure idée. Esquintez-lui sa bagnole, volez-lui ses essuie-glace !

— Lâchez-moi tout de suite ! dit-elle.

— Vous voyez ça à la une : « *Un gangster londonien amené à capituler par une brillante et talentueuse policière du MI6* » ! Les quatre pneus à plat, plus d'essuie-glace ! Imaginez Sergent qu'il pleuve, il est infirme à vie !

— Taisez-vous, Dempsey.

— Je me tairais quand vous serez redevenue sensée ! Vous voilà qui défendez à mort un vulgaire voyou …

— Ce n'est pas un vulgaire voyou !

— Alors, qu'est-ce qu'il est ? Vous en êtes tombée amoureuse ?

— Je n'en suis pas amoureuse ! Voyou ou non …

— Quoi ? Alors, dites-moi ! hurle Dempsey.

— Il est que c'est un être humain !

— Bon, alors qui était Sims, de la volaille, hein ? Vous ne vous êtes pas ruée sur les pâtes quand il s'est fait descendre ! Vous savez qui détient le plus fort pourcentage de suicides ? Le plus grand nombre de mariages ratés ? Le plus haut taux d'alcoolisme ?

— Mais, de qui est-ce que vous voulez me parler ? hurle-t-elle.

— Des flics ! hurle Dempsey. De la police, parfaitement ! Qui se laisse berner émotionnellement et c'est ce qui se produit chez vous ! Travail et sentiment, ça ne va pas ensemble ! Non, mais est-ce que vous m'écoutez ?

— Il n'avait pas de sang sur lui, sur son costume.

— Quoi ?

— Demain, je fais le tour de tous les teinturiers de Londres ! dit-elle.

Dempsey se gare devant le « *Stanfellow* », une boite de nuit à Londres.

— Ca va ? lui demande Dempsey.

— Je veux décompresser un peu avant de rentrer, avec des amis, lui dit-elle.

Elle descend de voiture. Dempsey est installé au bar d'un restaurant, il boit une consommation. Il pose son verre sur le comptoir et réfléchit. Quelques instants plus, il se gare près de la boite de nuit où il a déposé Harriet, à Regent Park.

Dans le night-club, l'ambiance est à son maximum et beaucoup dansent sur la piste. Dempsey aperçoit Harriet en bonne compagnie avec ses amis. Il s'avance vers le bar à quelques pas d'Harriet. Elle tient une coupe à la main, puis elle se retourne vers le bar et prend la bouteille de champagne pour remplir son verre. Puis, elle repose la bouteille sur le bar et voit Dempsey.

— Bonsoir Harriet, lui dit-il.

— James !!!! Salut !!!! Comment ça va ! lui dit-elle tout sourire.

— Eh bien, dit-il en la voyant.

— Venez rencontrer mes amis, dit-elle en l'attrapant par sa cravate.

— Non non, dit-il.

— Si, si, si…, dit-elle. Venez avec moi. Charles ! Voici James ! Lui, c'est Basile, dit-elle en présentant un autre ami. Angela ! s'écrie-t-elle en allant chercher une amie en bonne discussion. Viens, je te présente, Lieutenant James Dempsey … ! C'est mon ange gardien.

— Oh, hello ! dit Angela qui est dans le même état qu'Harriet.

— Enchanté, lui dit Dempsey.

— Non, non, il est à moi, à moi seulement, dit Harriet en passant son bras autour du cou de Dempsey. Il est mon garde du corps.

— Alors, donne-lui à boire, lui dit Angela.

— Une autre bouteille ! dit Harriet au barman.

Harriet s'avance vers Dempsey en prenant soin de ne pas renverser son verre qu'elle lui tend. Angela redonne son verre à Harriet.

— Cheers ! dit Harriet en trinquant son verre avec celui de Dempsey.

Le verre était rempli à bord, Dempsey manque de se faire arroser.

— Cheers, lui répond-t-il.

Angela regarde Dempsey, puis elle s'adosse au bar laissant voir son dos dénudé de sa robe.

— J'adore votre robe ! lui dit Dempsey.

— Merci, lui répond Angela.

— Vous l'adorez, vraiment ? dit Harriet.

— Ah oui, dit Dempsey qui éclate de rire.

— Viens, dit Harriet à Angela.

Elle emmène la jeune femme avec elle. Puis, quelques instants plus tard, Dempsey voit revenir les deux jeunes femmes, elles ont échangés leurs vêtements. Dempsey sourit en les voyant.

— Vous adorez toujours ? lui demande Harriet.

Plus tard, un taxi dépose Dempsey et Harriet chez la jeune femme. Harriet descend de voiture, elle rit beaucoup et Dempsey l'aide à marcher.

— Nous sommes officiers de police, on vous offre un verre ? dit-elle au chauffeur. Vous en êtes sûr ? Vraiment sûr ?

Dempsey la soutient pour monter les marches du perron tandis qu'Harriet brandit une bouteille de champagne à la main.

— Vous avez déjà bu une Tequila Sunrise, enfin, une Tequila du matin ? dit-elle en préparant les verres.

— Je crois que oui, dit-il.

— Eh bien ça, c'est une Tequila du soir, dit-elle.

— Pourquoi cette question ? demande Dempsey qui profite du feu dans la cheminée.

— Parce que je me suis trompée ! dit-elle en riant.

J'ai mis la grenadine en premier !

Elle mets des glaçons dans les verres et se dirige vers Dempsey, un verre dans chaque main. Puis, elle s'approche le plus près possible de lui.

— Vous êtes en état d'arrestation, lui dit-elle.

Le lendemain matin, Dempsey arrive tout sourire au bureau. Tandis que Chase descend l'escalier qui mène au hall d'entrée, Dempsey s'amuse à lui attraper la cheville.

— Bonjour Chase !

— Bonjour Dempsey.

— Bin, le prenez pas tant au sérieux !

— Quoi donc ?

— Bah, je sais pas moi, tout !

— Il est vraiment dingue, dit Chase qui en fait tomber son dossier par terre.

— Ah non, pas que je sache ! répond Dempsey en entrant dans le bureau.

Il avance tout guilleret parmi les bureaux.

— Je suis en pleine forme ! lance-t-il tout sourire.

Il s'arrête devant la machine à café et se met à chanter tout en se servant une tasse de café.

— En pleine foorme ! En pleine fooormeee !

Spikings qui est au téléphone dans son bureau paraît

agacé à entendre chanter Dempsey.

— Celle-là, vous la connaissez pas ? dit Dempsey à ses collègues.

— Euh non, laquelle ?

— C'est un fermier qui a trois taureaux, un grand taureau, un taureau moyen et un petit taureau…

— Dès que possible…., dit Spikings qui regarde en direction du bureau central où se trouve Dempsey.

— ….alors le fermier arrive au volant d'un camion, à l'intérieur, il y a le plus hargneux, le plus gigantesque taureau qu'on a jamais vu, des yeux…

La porte du bureau s'ouvre et Harriet Winfield entre, elle n'a pas l'air très en forme et dissimule ses yeux derrière des lunettes de soleil.

— ….des yeux qui jettent des éclairs, terrible bon. Stupéfaction chez les trois autres qui le regarde absolument médusé ! Alors ….

Dempsey se retourne et voit Harriet.

— … Alors le petit taureau tape du pied, souffle des naseaux, fait tout un cirque… Alors grand taureau lui dit, tu veux te battre contre lui, pour une simple vache ? Mais non, fait le petit taureau, je veux simplement qu'il sache que je suis un taureau !

Dempsey et ses deux collègues éclatent de rire.

Quand à Harriet, elle se lève avec précaution de sa chaise et se dirige tel un radar vers la machine à café en tenant sa tasse à la main.

— Bonjour tigresse, dit Dempsey à Harriet. Je dois dire que la nuit dernière a été terrible….. vous étiez déchainée.

— Ce sont des choses qui arrivent, Lieutenant, lui répond-t-elle.

Elle retourne s'assoir à son bureau tandis que Chase entre dans le bureau.

— Harriet, voici un exemplaire du rapport balistique concernant Sims.

— Ah oui, merci, dit-elle en prenant le document.

Dempsey la regarde, il s'assoit en face d'elle et pose les pieds sur le bureau d'Harriet. Il déplie son journal et jette un œil furtif vers elle, tandis qu'elle ouvre le tiroir de son bureau l'air de rien. Spikings les regarde et sort de son bureau.

— Harriet ? dit-il en lui faisant signe de son index de venir dans son bureau.

Elle repose sa tasse de caté et rassemble ses forces pour se lever de sa chaise sous le regard amusé de Dempsey. Harriet entre dans le bureau de Spikings et ferme la porte, puis elle s'adosse discrètement au mur.

— Il va falloir cesser de harceler Lowe, lui dit-il.

— Oh non, pourquoi ?

— Je viens d'avoir le patron. Vos initiatives causes des tas d'ennuis, nous ne voulons pas nous retrouver avec une plainte en persécution. Il faut arrêter complètement.

— Mais, c'est ridicule !

Le téléphone sonne et Spikings décroche.

— Oui allo ? Deux secondes, Georges.

Il regarde Harriet.

— Cette fois, il nous assène un argument en béton. Nous sommes une section spéciale, confiscation d'armes, stationnements illicites sont l'affaire d'autres départements. Pourquoi ne pas chercher côté fraude fiscale ? Vous vous rappelez Jarret au régional ? Il est maintenant au service des impôts indirects et droits de douane. Je lui ai rendu quelques services, procurez-vous le dossier financier des compagnies de Lowe et invitez Jarret à déjeuner.

— A déjeuner…. A déjeuner … Aujourd'hui ?

— Quand vous aurez du temps de libre !

— D'accord, lui dit-elle.

Elle ouvre la porte du bureau.

— Ca va, Harriet ? lui demande Spikings.

— Mais oui.

— Vous êtes en bonne santé ?

— Parfaite !

— Tant mieux, lui dit-il.

Elle retourne dans le bureau central où Dempsey est en bonne discussion animée avec Chase. Voyant Harriet, Chase lui fait un petit clin d'œil.

— Chase, dit Spikings en venant vers eux. Occupez-vous du bonhomme au téléphone. Et, trouvez-moi qui a pu lui donner mon numéro personnel.

— Ce n'est pas moi, Monsieur, répond Chase.

— Qu'est-ce que c'est que cette histoire de spaghettis ! dit Spikings en regardant Dempsey.

— Spaghettis ? Aucune idée, Monsieur, répond Dempsey.

Dempsey s'installe à son bureau.

— Seriez-vous complices tous les deux ?

Harriet le regarde et remet ses lunettes de soleil.

— Me cache-t-on quelque chose que je devrais savoir ?

Dempsey tourne la tête et regarde Spikings.

— Vous savez à quel point je déteste être tenu dans l'ignorance ! En particulier, sur tout ce qui pourrait menacer la parfaite harmonie d'une équipe aussi bien orchestrée que la mienne !

Harriet le regarde et compose un numéro de téléphone.

Dempsey est dans le couloir, il note des informations sur le panneau d'affichage sur un petit papier.

— Salut tigresse ! dit-il tandis qu'Harriet sort du bureau en tenant des dossiers dans les bras.

— Ca va ! Ca va ! dit-elle en jetant ses dossiers sur le sol.

Elle attrape Dempsey par le col de son blouson et le pousse dans une petite pièce.

— Après une nuit pareille, non mais qu'est-ce qui vous prend ! Vous êtes folle ! dit-il.

— Il y a que je n'en peux plus !

— Plus de quoi ?

— Votre seule vue me rend malade !

— Moi, je vous rends malade ?

— On l'a fait ou on l'a pas fait ?

— On l'a fait ou on l'a pas fait, quoi ?

— Vous savez très bien ce que je veux dire.

— Je n'en ai pas la moindre idée.

— Est-ce qu'on a couché ensemble ? Ne prenez pas cet air idiot, je veux une réponse ! Est-ce qu'on l'a fait ?

— Vous vous rappelez pas ?

— Pas tellement, non. Rassurez-vous, je suis sûre

que vous avez été magnifique ! lui dit-elle agacée par son attitude.

Elle fait quelques pas dans la pièce, puis se retourne et le regarde.

— Ainsi, on l'a fait ?

Dempsey lui fait signe que « *oui* » de la tête.

— Bien, bon …d'accord. A propos, si ce n'est pas trop exiger de votre ego, épargnez-moi d'en faire étalage devant vos collègues.

— Vexée ?

— Eh bien, disons je trouve ça assez ordinaire.

Elle s'apprête à quitter la pièce quand Dempsey surgit derrière elle, il claque la porte et la pousse sur le côté.

— Ecoutez-moi, je vais vous dire ce qui me vexe, moi ! Je viens d'encaisser deux insultes de vous que je n'aurais supporté de personne d'autre ! Et, la correction porte le nombre à trois ! Je ne sais pas quelle est la pire ! D'abord, je ne me vante jamais, lorsque ça n'en vaut pas la peine. Deuxièmement, je ne suis pas le prince charmant qui doit son statut au fait qu'il a couché avec une fille de la haute société ! Et trois ! Mon petit, croyez-moi. Auriez-vous été comateuse, camée à mort, anesthésiée et tout à fait frigide, si je l'avais fait, vous vous en souviendriez !

— Nous ne l'avons pas fait, autrement dit ?

— Quoi, est-ce que ma syntaxe est boiteuse ou les verbes à la bonne place ?

— Alors c'est non ou c'est oui ?

— Lisez sur mes lèvres, c'est NON ! Voilà, satisfaite ? Sans ironie aucune.

— Que voulez-vous que je dise….Que je m'excuse ?

— Y'a pas de problème.

— J'avais cru que vous en plaisantiez tout à l'heure avec les autres.

Dempsey la regarde.

— Je trouvais que vous preniez de bien grands airs après une nuit aussi mémorable.

Elle sourit en le regardant.

— Qu'est-ce que vous teniez comme cuite…

— Comment je me suis mise au lit ?

— Oh, vous n'aviez pas l'air très confortable par terre dans le couloir.

Ses propos amusent Harriet.

— Oh mon dieu… Dites-moi encore une chose. Est-ce que j'avais mon pyjama ?

— Vous vous rappelez pas ? Vous l'avez enfilé dehors pour aller dire bonsoir à votre voiture…

Elle se met à rire.

— Je vais vous dire Winfield. Je l'aurais jamais cru. Ca vous arrive pas souvent, mais quand ça vous arrive, c'est la classe, vous vous saoulez du tonnerre !

Ils se mettent à rire tous les deux. On frappe à la porte, elle s'ouvre et Spikings entre.

— Hôpital de Westminster, service des accidentés. Des coups de feu ont été tirés. Allez-y tout de suite.

Dempsey montre sa carte d'officier de police au policier en faction dans la chambre. Il est suivi d'Harriet.

— MI6, dit-il.

— Où est Jock ? demande Harriet.

— Qui ça ?

— Celui-là est mort ! dit Dempsey.

— Non, inconscient seulement, dit le médecin qui examine l'homme étendu sur le lit et qui n'est autre qu'un des hommes de mains de Sid Lowe.

— Qui est-ce ? demande Dempsey.

— Il est entré par la porte des Urgences, dit l'infirmière qui assiste le médecin.

— Où est Jock, le patient ? répète Harriet.

— Voulez-vous dégager l'entrée, s'il vous plait ? dit le médecin à Harriet.

— J'ai entendu deux coups de feu, c'est tout, dit

l'infirmière tandis que l'on amène un brancard dans la chambre.

— Mais où est Jock, cet homme n'est pas le malade ! dit Harriet. Vous venez de prendre votre service.

— Oui.

— Où est l'arme ? demande Dempsey. Qui a trouvé l'arme ?

— Pas de trace d'arme, répond le policier.

— Comment ? Vous n'avez pas trouvé d'arme ! Bon, écoutez-moi, vous allez rester avec lui, dit Dempsey au policier tandis que l'on évacue l'homme de la chambre. Ne le perdez pas de vue ! Vous restez avec lui ! S'il revient à lui, vous l'embarquez ! C'est bien clair ?

Dempsey revient dans la chambre.

— Que personne ne nettoie la chambre ! Défense d'entrer, défense de l'approcher jusqu'à ce qu'on ait relevé les empreintes, dit-il à un autre agent de police. Envoyez le balles à la balistiques, c'est pour le MI6, vous avez compris ?

— Tous ses vêtements ont disparu, dit Harriet.

— Oui, Lowe aura envoyé celui-là pour l'achever.

— Et Jock s'est enfui, lui dit Harriet.

— Avec l'arme, lui dit Dempsey.

Jock entre dans un commerce de cassettes vidéos. Le gérant en costume cravate est derrière le comptoir.

— Vous désirez, Monsieur ?

— Qui vous protège ici ?

— Vous dites ? dit l'homme en levant les yeux vers Jock.

— Qui est-ce qui vous rançonne ?

— Je ne saisis pas.

— Qui empoche une partie de votre pognon ?

— Je ne vois pas ce que vous voulez dire. Essayez le langage par signe.

Jock fait tomber sur le sol le téléviseur qui était posé sur le comptoir.

— Hé ! crie le gérant.

Puis, il se saisit d'un lecteur vidéo et le jette au sol. Il attrape un extincteur et fracasse un autre téléviseur. Il en détruit un autre, puis encore un autre.

Le gérant prend son téléphone et compose un numéro.

— Norman, tu…., dit Sid Lowe.

— Non, espèce d'ordure, lui répond Jock qui pointe son arme sous le nez du gérant du commerce. C'est moi, t'es toujours à l'écoute ?

— Oui, comment vas-tu Jock ? Non, bien sûr, je

serais content de te voir. Non, où est-il ? Très bien, parfait.

— Mais, il est fou à lier ce type ! dit le gérant à un officier de police. Ca a été un vrai massacre !

Dempsey se gare devant le magasin, il descend de voiture ainsi qu'Harriet.

— Il m'a tenu des propos insensés, je ne le connaissais absolument pas ! Il a fracassé les postes de télévision, des magnétoscopes ! J'ai cru qu'il allait me tuer ! Je le répète, je ne l'ai jamais vu avant !

Dempsey et Harriet entrent dans le magasin.

— Je crois savoir où le trouver, dit Harriet à Dempsey.

L'homme de mains de Lowe entre dans le club de roller, il tient un fusil à la main et il est suivi de Sid Lowe.

— Scotty ! Tu es là ? C'est nous ! crie Lowe.

Les deux hommes avancent prudemment.

— Scotty ? Nous sommes là !

Sid Lowe se cache derrière un pilier central.

— Scotty, tu es là ? Pourquoi fais-tu ça !

Les lumières s'orientent vers un mur, puis vers un autre…

— Qui est là ? dit l'homme de mains en s'avançant.

Sid Lowe est toujours derrière son pilier quand il entend des coups de feu.

— Max ? dit-il à voix basse. Max, tu es touché ?

Dehors, Dempsey arrive à toute vitesse au volant de sa voiture, Harriet à ses côtés. Il s'arrête devant le club de roller dans un crissement de pneus. Ils entrent tous deux dans les lieux, l'arme au poing. La piste est déserte, des coups de feu sont tirés dans leur direction par Max, l'homme de mains de Sid Lowe qui est derrière le bar. Dempsey et Harriet répliquent, l'homme s'effondre sur le sol.

Sid Lowe est au aguets, quand une arme se pose sur sa joue, c'est Jock.

— Je vais te régler ton compte, lui dit Jock.

— Non, Scotty. Ecoute, il y a eu une bavure, je t'en prie.

— Fait ta prière, salaud ! Je te donne jusqu'à dix !

— Scotty ….

— Un !

— Deux….

— Trois, dit Jock.

— Par pitié …

— Quatre !

— Cinq, six, dit Lowe.

— Sept, huit, dit Dempsey en appliquant le canon de son revolver sur la tempe de Jock. Neuf, vas-y. Tu tires et moi, la seconde d'après.

— Jamais t'oserais faire ça, lui répond Jock.

— Si, il le ferait, lui dit Harriet qui les rejoint.

Jock tire, mais son chargeur est vide. Dempsey tire à son tour, mais son chargeur est vide. Jock et Dempsey sourient.

— Ce sont les mêmes balles, d'accord, dit Spikings à la radio de sa voiture, une arme dans la main.

Il s'avance vers Jock qui est assis à l'arrière d'une voiture de police, portière ouverte, Chase et Harriet sont près de la voiture.

— C'était la balistique. Ce sont les mêmes balles, dit-il en lançant l'arme à Chase. Et maintenant, on le tient ! Bon travail, Chase.

— Mes compliments, dit Harriet à Chase.

— Harriet ? Je voudrais vous voir un moment, dit Spikings en lui faisant signe de la main de venir.

Harriet s'avance et voit Dempsey installé sur le capot d'une voiture tenant un cigare à la main prêt à l'allumer. Elle ouvre son sac et sort un briquet.

— Vous êtes gentille, lui dit Dempsey.

— Moins que vous, lui dit-elle tout sourire.

— La prochaine fois, vous aurez pas autant de chance, lui dit-il en souriant.

Ils se regardent et se sourient.

FIN